তেপান্তরের মাঠ পেরিয়ে

কৌশিক জামান

“যখন সকালে কেউ তোমার ঘুম ভাঙানোর জন্য না থাকে, আর কেউ যদি রাতে তোমার ফেরার অপেক্ষায় না থাকে... সেই সাথে তুমি যদি যখন যা খুশি তাই করতে পারো, তাহলে তুমি এটাকে কি বলবে? স্বাধীনতা নাকি একাকীত্ব?”

(চার্লস বুকোস্কি)

(এই গল্পের স্থান, কাল, সমস্ত চরিত্র, সমস্ত ঘটনা কাল্পনিক। জীবিত বা মৃত কারও সাথে কথাও মিল পেলে তা অনভিপ্রেত কাকতাল মাত্র।)

মুখবন্ধ

কেউ কেউ আনন্দে লেখে, কেউ কেউ লেখে কষ্টে। আমি সেকেন্ড পার্টি। কষ্ট আমার ভেতর থেকে শব্দ তুলে আনে, আমি শুধু সেগুলো সাজিয়ে বসানোর চেষ্টা করি। বিশ্ব সাহিত্যের একজন পাঠক হিসেবে জানি, যা সাজাই, যা লিখি, সবই আবর্জনা। যারা সাহিত্যের মধ্যে কিছু একটা খোঁজেন, এই লেখা তাদের জন্য না। এই লেখা শুধুই একটা আত্মচিৎকার। এই লেখা পৃথিবীর বুকে দাগ বসাতে আসেনি। নীরবে হারিয়ে যেতে এসেছে। শুধু এইটুকু বলতে চেয়েছে অসম্ভব কিছু কষ্ট থেকে তারা জন্ম নিয়েছে। শুধু সেই কষ্ট যারা ধারণ করেন, এই লেখা তাদের জন্য। তাই বলে ভাববেন না এসব আমার নিজের জীবনের গল্প। লেখকেরা মিথ্যা বলেন। তাদের বিশ্বাস করতে নেই।

অনেক আগে দুটো পত্রিকার জন্য দুটো ছোট গল্প লিখেছিলাম। আমার অন্যান্য লেখার মতই এলোমেলো। তাও গল্পগুলো লিখে মনে হয়েছিল, ওগুলোতে আরো অনেক কিছু বলার ছিল। কেউ যদি ভুলবশত গল্পদুটো কোথাও পড়ে থাকেন তাহলে এখানে কিছু অংশ পরিচিত লাগতে পারে। কারণ তারা

এখন এই গল্পের নাগরিক। তাদেরকে রিসাইকেল করে এই গল্পের সাথে জুড়ে দেয়া হয়েছে।

রাস্তায় বের হলে আমরা এত যে শত শত মানুষ দেখি। এরা সবাই মানুষ না। এরা সবাই জীবিত না। কেউ কেউ মৃত, কিন্তু হেঁটে বেড়াচ্ছে জীবিতের মত। কেউ কেউ সকালে ঘুম থেকে উঠে আয়নায় নিজেকে দেখতে পায় না। কেউ কেউ তো ঘুম থেকে উঠতেই চায় না। কেউ কেউ ভালবাসার অভিনয় করে কিন্তু ভালবাসতে পারে না। কারো কারো স্মৃতির আয়ু এত কম যে দুদিন আগে দেয়া কথাও ভুলে যায়। কেউ কেউ ভালবাসা হারিয়ে নিঃসঙ্গ একমাত্রিক এক প্রাণীতে পরিণত হয়। কেউ কেউ আছে যারা মুখোশ ছাড়া ঘর থেকে বের হতে পারে না। এই না-মানুষদের চিৎকার কিন্তু কান পাতলেই সবাই শুনতে পায় না। আমিও তাদের একজন।

তেপান্তরের মাঠে হারিয়ে যেতে চাওয়া একজন।

১

সেলুন থেকে বের হওয়ার আগে বোরহান আরেকবার আয়নায় নিজের চেহারাটা দেখে নিল। নিজেকে কেমন জানি অচেনা দেখাচ্ছে। মনে হচ্ছে হঠাৎ যেন বয়সটা বেড়ে গিয়েছে। কত চলছে এখন ওর? ঊনচল্লিশ নাকি চল্লিশ? ও ভেবেছিল ভদ্র একটা হেয়ার কাট দিয়ে, চুল কলপ করে, ক্লিন শেভ করলে বয়সটা একটু কম দেখাবে। নাপিতের পরামর্শে একটা ফেশিয়ালও করিয়ে নিয়েছিল। কতগুলো টাকা বেরিয়ে গেল, অথচ এত কিছু করার পর বয়স তো কম দেখাচ্ছেই না বরং মনে হচ্ছে আয়নায় অন্য কারো চেহারা দেখছে। এই বয়সে সবারই হয়ত নিজের চেহারাটা অচেনা লাগতে থাকে। অচেনা, এবং ক্লান্ত।

সেলুন থেকে বের হয়ে ও পকেট থেকে মোবাইলটা বের করে সময়টা চেক করল। এখনো দুই ঘন্টা সময় আছে। দীর্ঘ সাতটা মাস পর আজকে নিজের একমাত্র মেয়ে টুপুরের সাথে দেখা হবে ওর। মাঝে মধ্যে ফোনে কথা হয় কিন্তু ওর প্রাক্তন স্ত্রী সোহানা কখনও একবারে জন্যও মেয়ের সাথে দেখা করতে দেয়নি। বলা যায় মেয়ের জোরাজুরিতেই আজকে দেখা করা সম্ভব হচ্ছে। এই নিয়ে ওর মধ্যে টেনশন কাজ করছে। উত্তেজনায় গত রাতে ঘুম

হয়নি। প্রেশারও উঠা নামা করছে মনে হয়। এসব নিয়ে ভাবার সময় নেই এখন। মেয়েকে নিয়ে সুন্দর, নিরিবিলি কোথাও বসে লাঞ্চ করতে হবে। কোথায় যাওয়া যায়? এখন নাকি ঢাকার সব রেস্টুরেন্টে অনেক ভিড় থাকে। যেগুলো খালি থাকে সেগুলো মনে হয় অনেক দামি। আজকে অবশ্য ওর পকেটে যথেষ্ট টাকা আছে। অনেকদিন রেস্টুরেন্টে খাওয়া হয় না, দুই-তিন হাজার টাকার মধ্যে হয়ে যাওয়ার কথা না? এখনকার ছেলে-মেয়েরা কি খায় সে ব্যাপারে ওর কোন ধারনা নেই। বার্গার, পিৎযা, পাস্তা এসবই তো খায়, নাকি?

এই দুই ঘন্টা কই কাটানো যায় ভাবতে ভাবতে বোরহান একটা শপিং মলে ঢুকে পড়ল। মেয়েটার জন্য একটা ভাল গিফটও কেনা দরকার। কি কেনা যায়? ড্রেস-ট্রেস কেনায় ঝামেলা আছে। সাইজ কি হবে ও জানে না, তাছাড়া ডিজাইন পছন্দ হওয়ারও ব্যাপার আছে। চকলেট-ফকলেট? সুন্দর দেখতে একটা চকলেটের প্যাকেট হাতে নিয়ে ওর চোখ ছানাবড়া হওয়ার জোগাড়! এত্ত দাম! এই চকলেট কি সোনা দিয়ে বানানো নাকি? কারা কেনে এইসব চকলেট? আচ্ছা, পুতুল দেয়া যায় নাকি। ওর মনে পড়ল গতবছর টুপুরের জন্মদিনে দেখতে যাওয়ার সময় সাথে একটা পুতুল নিয়ে গিয়েছিল। সোহানা দরজা থেকেই ওকে ফিরিয়ে দিয়েছিল, মেয়ের সাথে দেখা করতে তো দেয়ইনি, পুতুলটাও কেড়ে নিয়ে বাইরে ছুঁড়ে ফেলে দিয়েছিল।

পুতুলের সেকশনেও দেখা গেল আগুন। যেটাই পছন্দ হয় কোনটাই হাজার টাকার কমে নেই। অবশ্য মেয়ের তো এখন আর পুতুল নিয়ে খেলার বয়সও নেই। কোন বই কি দেয়া যায়? পুরো মল ঘুরে কোন বইয়ের দোকান দেখা গেল না। আজকাল কি কেউ বই-টই পড়ে না নাকি। মেয়ের মা তো অনেক বই পড়ত- হুমায়ূন, শীর্ষেন্দু, সুনীল। মায়ের পড়ার অভ্যাস থাকলে তো মেয়েরও তো বই পড়ার নেশা হওয়ার কথা। ছোটদের বই কোনগুলো ভাল কে জানে? থাক, এরচেয়ে বরং লাঞ্চের পর মেয়েকে নিয়ে গিয়ে ওর পছন্দ মত কিছু একটা কেনা যাবে না হয়?

জিনিসপত্রের এরকম দাম দেখে বোরহানের টেনশন একটু বেড়ে গেল। পকেটে যা আছে তা দিয়ে আসলেই কোথাও খাওয়া দাওয়া করা যাবে তো? না হলে আবার মেয়ের সামনে বেইজ্জতি হতে হবে। শেষে থালা বাসন ধুয়ে দেয়া লাগে কিনা কে জানে? এরচেয়ে মরে যাওয়া ভাল। এমনিতেই নিশ্চয়ই ওর মা অনেক আজে বাজে কথা বলে বাপের সম্পর্কে বাজে ধারনা সৃষ্টি করে রেখেছে? সেসবের সবই যে মিথ্যা তা তো নয়। দোষ তো ওর ছিলই। ও তো সেসব অস্বীকার করেনি কখনো। কিন্তু বাবা যতই খারাপ হোক, সন্তানের কাছে তো সে সবসময় সুপারহিরো হয়েই থাকতে চায়। ফোনে কথা বলার সময় কখনো ওর মনে হয়নি যে মেয়ে ওকে অপছন্দ করে। মেয়েটা খুব কথা বলতে পছন্দ করে। পাঁচ

মিনিটের জন্য কথা হলেও পুরো সপ্তাহে কি কি হয়েছে সব ওর জানা হয়ে যেত। কি আহ্লাদী মিষ্টি কণ্ঠ!

ছুটির দিন, তাই দিনের বেলাতেও ধানমণ্ডি লেকে অনেক ভিড়। খালি একটা বেঞ্চ দেখে একটু বসলো ও। অনেকক্ষণ হেঁটে হাপিয়ে গিয়েছে। হাতে এখনো কিছু সময় আছে। কোথায় দেখা হবে সেটা ও এখনো জানে না। টুপুরের মা বলেছে ফোনে জানাবে। তবে ধানমন্ডির মধ্যেই কোথাও হবে। নিজের প্রাক্তন স্ত্রীর কথা ভাবল বোরহান। খুবই সাদামাটাভাবে সোহানার সাথে বিয়ে হয়েছিল ওর। সংসারে টানাটানি ছিল, আরো অনেক সমস্যা ছিল। কিন্তু ও সুখী ছিল। ওর ধারনা ছিল একটু কষ্ট হলেও সোহানা হয়ত সুখেই আছে।

ব্যবসায় টানাটানি চলছে, বোরহান রাত-দিন দৌড়ের উপর থাকে। এর মধ্যে হঠাৎই একদিন সোহানা ওকে বলল সে ডিভোর্স চায়। টুপুরের বয়স তখন মাত্র ছয় মাস। বোরহান পুরো আকাশ থেকে পড়ল। সোহানা ওকে একদম শান্ত কণ্ঠে বলল, "দেখ তোমার প্রতি আমার কোন অভিযোগ নেই। আমি শুধু এই সংসারে আর মন বসাতে পারছি না। অনেক দিন থেকে ঠান্ডা মাথায় এটা নিয়ে চিন্তা করেছি। টুপুর পেটে ছিল বলে সময় নিয়েছি। আমার মনে হয় এখন আমাদের আলাদা হয়ে যাওয়াই ভাল।"

বোরহান ওকে অনেক বোঝানোর চেষ্টা করেছে। কাজ হয়নি। সোহানা টুপুরকে নিয়ে বাপের বাড়ি চলে গেল। এক সপ্তাহের মধ্যে ডিভোর্সের ফরমালিটি শেষ হয়ে গেল। এক সপ্তাহ আগেও যে মানুষটার সাথে বোরহান এক বিছানায় ঘুমাতো, সে আজকে অপরিচিত একজন। কথাগুলো ভেবে না চাইতেও একটা দীর্ঘশ্বাস ফেলল বোরহান।

সোহানা আবার বিয়ে করেছে। নতুন সংসারে ভালই আছে মনে হয়। সোহানার এখনের স্বামী দারুণ ভদ্রলোক। টুপুরকেও প্রচন্ড আদর করেন। বোরহান আর বিয়ে করেনি। করতে পারেনি। সোহানার প্রতি ওর যে আকাশ পাতাল প্রেম ছিল তা নয়, আদতে ওর মধ্যে রোমান্স বলে কিছু ছিলই না। সোহানার মূল সমস্যা ও কখনো বুঝে উঠতে পারেনি। একজন স্বামীর ভেতর সোহানা যা চেয়েছিল তার কিছুই বোরহানের মধ্যে ছিল না। ওর কখনো কখনো সন্দেহ হত বোরহান একজন মানুষ নাকি রোবট। রোবটকে মানুষ করার বৃথা চেষ্টা না করে ও আলাদা হয়ে যাওয়াটাই শ্রেয় মনে করেছে।

কিন্তু রোবট বোরহান সোহানার জায়গায় আরেকজনকে বসাতে পারেনি। আর ব্যবসায় মার খেতে খেতে এসব নিয়ে চিন্তার সময়ও ওর ছিল না। আবার বিয়ে করার চেয়ে একাকী জীবন কাটিয়ে দেয়াই

ভাল মনে করেছে। শুধু টুপুরটার জন্যই ওর মন কাঁদত।

আবারও মোবাইলে সময় দেখে বোরহান ভাবলো এখন একটা সিগারেট খেতে পারলে ভাল হত। কিন্তু না আজকে কোন সিগারেট খাওয়া যাবে না। মুখে গন্ধ নিয়ে মেয়ের সামনে যাওয়া যাবে না। ও অনেকবার কল্পনা করেছে এই দেখা হওয়ার দিন কি করবে। প্রথমেই মেয়ের কপালে একটা চুমু খাবে। তারপর বুকে জড়িয়ে চুলের গন্ধ নেবে। সেইসময় মেয়ে ওর মুখে কোন বাজে গন্ধ পাক সেটা ও চায় না। অন্তত আজকের দিনটা সিগারেট না খেলে ও মারা যাবে না। এরচেয়ে বরং এক কাপ চা খাওয়া যেতে পারে। সকালে ও সাধারণত টং থেকে কলা বিস্কুট খেয়ে নাস্তা করে। আজকে বিশেষ দিন বলে স্টারে গিয়ে পরোটা, ডিম, ডাল দিয়ে নাস্তা করেছে। হোটেলের চা ভাল হলেও খাওয়া হয়নি, দাম বেশি দেখে। এখন অপেক্ষা করতে করতে এক কাপ খেয়ে ফেলা যায়। আচ্ছা জড়িয়ে ধরলে কি টুপুর অস্বস্তি বোধ করতে পারে? হাজার হোক অনেক দিন বাবাকে দেখেনি। আবার উল্টোটাও তো হতে পারে? হয়ত ও নিজেই দৌড়ে এসে বাবাকে জড়িয়ে ধরতে পারে, পারে না?

এখনো ফোন আসছে না কেন? শেষ মুহূর্তে আবার ক্যান্সেল হবে না তো? এর আগেও এমন হয়েছে। কয়েকবার ক্যান্সেল করার পর আজকের ডেট

ফিক্স হয়েছে। আগে প্রতিবারই দেখা যেত হয় টুপুর একটু অসুস্থ, নাহলে সোহানাদের আর্জেন্ট কোথাও যেতে হবে, কিছু না কিছু একটা অঘটন ঘটতই। বোরহানের ধারণা সোহানা ইচ্ছা করে প্ল্যানগুলো ক্যান্সেল করত ওকে শাস্তি দেয়ার জন্য। দেখতে চাইত রোবটের কষ্টের কোন অনুভূতি হয় কিনা। হলেও বোরহান ওকে কখনো সেটা বুঝতে দেয়নি। নিজের অনুভূতি কিভাবে প্রকাশ করতে হয় সেটা ও আসলে কখনো বুঝে উঠতে পারেনি।

ফোনটা বের করে আবারও সময় দেখল ও। যে কোন মুহূর্তে ফোন আসবে। চায়ের বিল দিতে গিয়ে পকেটে হাত ঢুকিয়ে দেখে টাকা নেই। টং এর ভিড়ের মধ্যে কেউ একজন মাত্রই ওর পকেট মেরে দিয়েছে! একটু আগেই পকেট থেকে মোবাইলটা বের করে হাতে নিয়েছে ও, সুতরাং যে পকেট মেরেছে সে নিশ্চয়ই তারপরেই মেরেছে। ঘুরে তাকিয়েই একটা লোকের উপর ওর চোখ পড়ল। লোকটা ওর দিকে চোরের মত তাকিয়ে ছিল, তাড়াতাড়ি হাতে যা ছিল তা পকেটে ঢুকিয়ে সরে পড়তে চাইল।

বোরহান "অ্যাঁই" করে চিৎকার দিতেই লোকটা হঠাৎ দৌড় দিল। ও নিজেও লোকটার পেছন পেছন দৌড় দিল। "পকেটমাররর ধরেন ধরেন..." বলে চিৎকার করতে থাকল। সবাই ঘটনার আকস্মিকতায় তাকিয়ে ছিল, কেউই পকেটমারকে ধরার কোন চেষ্টা

করল না। পকেটমার এক লাফে রাস্তার ডিভাইডার পার হয়ে ঐ পারে চলে গেল। ও তখন হিতাহিত জ্ঞান হারিয়ে ফেলেছে। এই টাকা হারালে ওর চলবে না। আজকে টুপুরের সাথে দেখা হবে, ওর সাথে খেতে যেতে হবে। গিফট কিনতে হবে। বোরহান নিজেও দৌড়ে রাস্তা পার হতে গেল। তারপর কিসের সাথে ধাক্কা খেল তা বলতে পারবে না। শুধু টের পেল ধাক্কা খেয়ে উলটে গিয়ে উড়তে উড়তে শক্ত কোথাও গিয়ে পড়ল। কিন্তু কোন ব্যাথা টের পেল না। সবকিছু যেন স্বপ্নের মত মনে হচ্ছিল, এত উজ্জ্বল! অনেকদূর থেকে হর্ন আর লোকজনের চিৎকারের শব্দ ভেসে আসছিল। সবকিছু ছাপিয়ে ওর হাতে ধরা ফোনটা কাঁপতে শুরু করল। বোরহান ছিটকে পড়লেও ফোনটা মুঠো থেকে ছাড়েনি।

নিশ্চয়ই সোহানা ফোন করেছে। এই ফোনের জন্য ও প্রায় অনন্তকাল ধরে অপেক্ষা করেছে। টুপুরের চেহারাটা চোখের সামনে ভেসে উঠল। আজ কত দিন পর আবার মেয়েটার সাথে দেখা হবে...

২

(বিশ বছর কিংবা তারও অনেক পরে কোন একদিন)

লোকটার সাথে দেখা হওয়ার প্রথম দিনটা শীলার স্পষ্ট মনে আছে। কলেজ থেকে ও বান্ধবীদের সাথে বইমেলায় গিয়েছিল স্রেফ ঘুরে দেখতে। বই-টই তেমন পড়া হয় না, তাই বই কেনা নয়, ঘোরাঘুরি, ছবি তোলা আর চটপটি খাওয়াই মূল লক্ষ্য ছিল।

ঘুরতে ঘুরতে একটা স্টলের সামনে ও দেখল প্রচন্ড ভিড়। জনপ্রিয় কোন লেখক সেখানে এসেছেন। অটোগ্রাফ নেয়া আর ছবি তোলার ধুম পড়েছে। শীলার বান্ধবীরা ধাক্কাধাক্কি লাগিয়ে দিল সেলফি তোলার জন্য। শীলা ভিড় থেকে একটু সরে দাঁড়িয়ে ওদের জন্য অপেক্ষা করছিল। তখনই ওর চোখ আটকে গেল একটা লোকের উপর। বয়স বলা মুশকিল। তবে মাথার চুল এখনো কালো হলেও গালে হালকা কাঁচা পাকা দাঁড়ি। কালো টিশার্ট আর জিন্স পড়নে। খুব মনোযোগের সাথে মোবাইল দিয়ে কিছু একটার ছবি তুলছিল। বইমেলায় র‍্যান্ডম ছবি তোলার মত অদ্ভুতুড়ে লোকের অভাব নেই কিন্তু এর মধ্যে এমন

কিছু একটা ছিল যে শীলা তার দিকে তাকিয়ে থাকতে বাধ্য হল।

লোকটা সম্ভবত অনুভব করল কেউ তার দিকে তাকিয়ে আছে। সে শীলার দিকে তাকিয়ে হাসল।

ঐ মুহূর্তে শীলা বুঝতে পারল এমন কি একটা বলতে ওর অনুভূতি ওকে কি বোঝাতে চাচ্ছিল। এই লোকের চোখের মত এমন গভীর দৃষ্টি শীলা আগে কখনো দেখেনি।

যেন সারা মহাবিশ্বের সবটুকু বিষণ্নতা এসে ওই চোখের অতলে জমা হয়েছিল।

সে হাসছে কিন্তু তার চোখগুলো টলটলে এক দিঘির মত। এতদূর থেকেও শীলা যেন নিজের ভেঙে যাওয়া প্রতিচ্ছায়া দেখতে পারছিল সেখানে।

ওর কেন যেন মনে হল এক অদ্ভুত দুমড়ে মুচড়ে ফেলা কষ্ট ঐ দিঘিতে লুকিয়ে আছে। কিন্তু কারো তা জানার অধিকার নেই। অসম্ভব নিষ্ঠুরতা কিংবা অভিমান দিয়ে লোকটা সেগুলো আগলে রেখেছে। এত কাছে দাঁড়িয়েও তার ভেতরটা স্পর্শ করা কঠিন।

বইমেলার হাজার মানুষের ভিড়ে থেকেও সে যেন সেখানে নেই।

জন কোলাহলের ভেতরেও সে নিজেকে সরিয়ে রেখেছে শত আলোকবর্ষ দূরে। নক্ষত্রবিহীন স্থির এক নিঃসঙ্গ গ্রহের মত।

এ এক অচেনা অনুভূতি যা শীলা আগে কখনো অনুভব করেনি। কোন স্কেলেই লোকটা আকর্ষণীয়র কাতারে ফেলা যাবে না। বয়সও শীলার চেয়ে অনেক বেশি হবে তাতে সন্দেহ নেই। কিন্তু তারপরেও লোকটার সম্পর্কে জানতে ইচ্ছা হল ওর।

কাছে গিয়ে কথা বলবে? জানতে চাইবে কিসের ছবি তুললেন? কি নাম আপনার, কি করেন? ছ্যাঁচড়া ভাবে যদি?

সিদ্ধান্ত নেয়ার আগেই শীলা দেখল লোকটা ভিড়ের মধ্যে মিলিয়ে গেল।

একবারও পেছনে ফিরে তাকাল না। কিন্তু তার চোখগুলো শীলার মনে গেঁথে গেল। সাত বিলিয়ন মানুষকে সামনে এনে দাঁড় করিয়ে দিলেও সে ঐ চোখগুলো চিনতে পারবে।

৩

রাতে ঘুমাতে না পারাটা কতটা কষ্টের তা শুধু ভুক্তভোগীরাই জানে। পরদিন যদি অফিস থাকে তাহলে তো কথাই নেই।

ঘুম না এলে আগে টুপুর বই পড়ত। এখন বই পড়তেও ভাল লাগে না। ফেসবুকও কতক্ষণ ব্রাউজ করা যায়। আর এখন ফেসবুকে ঢুকতেও মেজাজ খারাপ লাগে। টক্সিক পোস্ট চারিদিকে। দেশের সবাই মনে হয় কাণ্ডজ্ঞানশূন্য হয়ে পড়েছে। লাইক শেয়ারের জন্য যে যা পারে তাই করছে। নেটফ্লিক্স আর যা যা আছে সবখানে সব দেখা শেষ। নতুন কিছুই দেখার পায় না টুপুর।

মেসেঞ্জারে কাউকে পাওয়া গেলে টুকটাক কথা হয়। বেশিরভাগ সময়েই রায়হানকে পাওয়া যায়। রায়হান ওর ভার্সিটির ক্লাসমেট। নিজেকে সে একজন ফ্লপ লেখক বলে দাবি করে। আর লেখক-কবিরা যে সারারাত ঘুমায় না সেটা সবাই জানে। মাঝে মাঝে শেখরকেও পাওয়া যায়। শেখর ওর এক্স কলিগ। জুনিয়র ছিল। টুপুরের প্রতি ইন্টারেস্টেডও ছিল। আকারে ইঙ্গিতে অনেকবার বোঝাতে চেয়েছে। টুপুর বুঝেও না বোঝার ভান করেছে।

আবার বিয়ে করা নিয়ে অনেকদিন ধরে ভাবছে টুপুর। ও আসলেই একা সবকিছু আর সামলাতে পারছে না। কারো সাথে এই নিয়ে কথা বলা দরকার। কিন্তু কিভাবে কি বলবে বুঝতে পারছে না ও। আসিফের সাথে বিয়ের আগে পাঁচ বছরের প্রেম ছিল টুপুরের। ঠিক ওর বাবা যেভাবে রোড এক্সিডেন্টে মারা গেলেন, আসিফও একদিন অফিস থেকে ফেরার পথে বাসের তলে পড়ে মরে গেল। সকালে যে মানুষটার সাথে এক কাপে চা খেয়েছে, বের হওয়ার আগে ধরে চুমু খেয়েছ, বিকালেই সে মানুষটা আর নেই। এই ট্রমা থেকে এত বছরেও আর বের হতে পারেনি ও। আসিফের সাথে ও হ্যাংওভার মুভির প্রথম দুই পর্ব দেখেছে। তৃতীয় পর্ব আর দেখা হয়নি। এরপর ও অনেকবার চেষ্টা করেছে একটা মুভিটা দেখার। পারেনি। না পেরেছে আসিফকে ভুলতে, না পেরেছে একাকীত্ব সহ্য করতে, না পেরেছে আবার বিয়ে করার ব্যাপারে কোন সিদ্ধান্তে আসতে।

সোহানা টুপুরকে অনেকবার বোঝানোর চেষ্টা করেছেন আবার বিয়ে করার জন্য। এভাবে একাকী জীবন চলে না। টুপুর শুধু শুনে গিয়েছে, কোন উত্তর দেয়নি। বাবার মৃত্যুর জন্য কি ও সোহানাকে দায়ী ভাবে? তাহলে আসিফের মৃত্যুর জন্য কে দায়ী? ও নিজে?

না। মাকে টুপুর অনেক আগেই মাফ করে দিয়েছে। ছোটবেলায় হয়ত এতকিছু বুঝত না, কিন্তু এখন টুপুর জানে সম্পর্ক অনেক জটিল একটা বিষয়। চাইলেই একটা মানুষের সাথে থাকা যায় না। আবার চাইলেই একটা মানুষকে ভোলা যায় না। অতৃপ্তি মানুষের জীবনের একটা অংশ। মানুষ যতই এর থেকে বাইরে বের হতে চায় ততই আরো জালে পেঁচিয়ে পড়ে। যে এক বছর ও আসিফের সাথে কাটিয়েছে। সেটা ওর জীবনের সেরা সময়। এই সময়টাকে ও কোনভাবেই ভুলে যেতে পারে না। ওর কাছে সবসময় মনে হয়েছে আরেকজনকে জীবনে সুযোগ দেয়া মানে আসিফকে ভুলে যাওয়া। সোহানা জীবনকে সুযোগ দিতে চেয়েছে তাতে তার কোন দোষ নেই। বোরহানের মৃত্যু নিশ্চয়ই তার কামনা ছিল না। সেটা ছিল স্রেফ একটা অ্যাক্সিডেন্ট।

কিন্তু ইদানীং টুপুরের মনে হচ্ছে একটা সঙ্গ দরকার, হয়ত বয়সের লক্ষণ। ঘুম থেকে ওঠার পর হাতের পাশে একটা স্পর্শ। বাসায় ফেরার পর কারো উষ্ণ উপস্থিতি। ওর দরকার কারো সাথে একটা ভাল বোঝাপড়া। সমস্যা হল বোঝাপড়া একদিনে হয় না। সময় লাগে। এই সময়টা দেয়ার সাহস কিংবা এনার্জি কোনটাই টুপুরের নেই। শেখরের সাথে অনেকদিন এক টিমে কাজ করায় একদিক থেকে বোঝাপড়া ভাল। কিন্তু সংসার করা তো অন্য জিনিস। পুরোপুরি আলাদা ডাইমেনশন। শেখরকে পাশে পেলেও যে

সেটা কাজ করবে তা নাও হতে পারে। ধর্মের পার্থক্যটা না হয় বাদই দেয়া হল। এসব নিয়ে ভাবতে ভাল লাগে না টুপুরের। কিন্তু না চাইলেও মাঝরাতে এসব নানা চিন্তা ওর মনে এসে ভিড় করে।

টুপুরের একটা খাতা আছে যেখানে ও আসিফ আর ওর বাবাকে মাঝে মাঝে চিঠি লেখে। ওদেরকে নিয়ে কোন স্বপ্ন দেখলে সেটাও লিখে রাখে। মন খারাপ হলে লেখাগুলো বের করে পড়ে।

খাতাটা হাতে নেবে এমন সময় ফোন বাজল। টুপুর দেখল রায়হান ফোন করেছে।

"কি ব্যাপার ফোন ধরতে দেরি কেন?"

"রাত কয়টা বাজে জানিস?

"অনেক বাজে নাকি?"

"তিনটা!" টুপুর মোবাইলের সময় দেখে বলল।

"আরে তাতে কি? মেসেঞ্জারে দেখলাম তুই জেগে আছিস। শোন যে কারণে ফোন দিয়েছি। খুব বাজে একটা স্বপ্ন দেখলাম। জানিসই তো স্বপ্ন আমার মনে থাকে না। তাই মনে থাকতে থাকতে তোকে ফোন দিয়েছি। তোর ফালতু কথার জন্য অলরেডি কিছু ডিটেইলস ভুলেও গিয়েছি।"

"স্বপ্ন দেখলি কখন? আমি তো জানতাম তুই রাতে ঘুমাস না?" টুপুর খোঁচা দিয়ে বলল।

"উফফ, ফালতু কথা রেখে আমার স্বপ্নটা শোন। আমি আমার আম্মু আর আমার ভাইয়ের স্ত্রী একসাথে বাজার করতে বেরিয়েছিলাম। কেউ একজন আম্মুকে ফোন করে জানালো আমি মারা গিয়েছি। আমার লাশ নাকি মহাখালীর সরকারী মর্গে রাখা হয়েছে। অতি সত্তর এসে যেন ছাড়িয়ে নিয়ে যায়।"

টুপুর বাধা দিয়ে বলল, "তুই মারা গেছিস মানে কি? তুই তো অইখানেই আন্টিদের সাথে দাঁড়িয়ে!"

রায়হান বলল, "আরে সেটাই তো ব্যাপার। স্বপ্নে কি আর এত লজিক চলে। গল্পের মাঝে কোন কথা বলবি না। আগে আমাকে পুরাটা শেষ করতে দে। তারপর শোন, কি যেন বলছিলাম?"

"তোরা যেন গিয়ে লাশ ছাড়িয়ে আনিস..." টুপুর বলল।

"ও হ্যাঁ। আম্মু ফোন রেখে অস্থির কণ্ঠে আমাকে বলল, 'তোর লাশ তুলতে হবে, মহাখালী যেতে হবে, এখনই। আমি তো ওদিকের কিছুই চিনি না। কিভাবে যাব?'

আমরা করলাম কি, তিনজনে একটা সিএনজি নিয়ে মহাখালী গেলাম। অনেক বিল্ডিং, প্রচুর মানুষ ছোটাছুটি করছে। কোথায় যেতে হবে কোন দিক নির্দেশনা নেই। সরকারী জায়গা বলে কথা। লোকজনও ঠিক ঠাক করে কিছু বলতে পারে না। তো

একজন দালাল গোছের লোক আমাদেরকে সাইডে নিয়ে বলল, 'মর্গ খুঁজতেছেন? ঐটা তো এই দিকে না। আপনাদের রিক্সা নিয়া ঐ অমুক জায়গায় যাইতে হইব।'

আমরা রিক্সা ঠিক করতে যাওয়ার আগে দেখি আব্বুও সেখানে এসে হাজির। আব্বু বলল, 'আগে যে ফোন করে জানাইসে, তারে আবার ফোন দেও। দেখো কোথায় আসতে বলে। আগেই হুদাই অন্য কোথাও যাওয়ার দরকার নাই।' আমি ভাবলাম তাই তো।

ঐ নাম্বারে আবার ফোন দেয়া হলে অনেকক্ষণ পর এক মহিলা ধরল। সে জানাল মোটেও অমুক জায়গায় যেতে হবে না। মর্গটা এই খানেই। অমুক নাম্বার বিল্ডিঙের এত তলায় আসতে হবে। তাড়াতাড়ি যেন আসি। অফিস টাইম শেষ। আমাদেরকে লাশ বুঝিয়ে দিয়ে তারা বাড়ি যাবে। আব্বু পুরাতন যুগের মানুষ, এইসব সরকারী ব্যাপার স্যাপার নিয়ে দৌড়াদৌড়ি তার জন্য কোন ব্যাপার না। আমাকে বলল, 'চল দেখতেসি ব্যাপারটা।'

এর মধ্যে আমার ভাইয়ের স্ত্রী অসুস্থ বোধ করতে লাগল। সে বেচারী প্রেগন্যান্ট। আমি আম্মুকে বললাম ওকে নিয়ে বাসায় চলে যেতে। আমি আর আব্বু লাশ নিয়ে আসছি। আম্মু ভেবে দেখল সেটাই ঠিক হবে। লাশ ছাড়াতে কতক্ষণ লাগে তার নাই ঠিক আর আমরা

বের হয়েছি সেই সকালে। সবাই অনেক ক্লান্ত। খাওয়া দাওয়াও হয়নি।

ওদেরকে একটা সিএনজিতে উঠিয়ে দিয়ে আমি আর আব্বু সেই বিল্ডিংটা খুঁজতে থাকলাম। আব্বু হঠাৎ আমাকে জড়িয়ে ধরে হাউমাউ করে কাঁদতে শুরু করল। আমাকে বলল, 'তুই কেন আমার আগে মারা গেলি? আমাকে এখন জমি-জমার সব কাগজপত্র নতুন করে ঠিক করতে হবে।' দেখ অবস্থা। আমি মারা গেছি আর আব্বুর চিন্তা জমি জমা নিয়ে!

যাই হোক, আমি ভাবছিলাম অন্য কথা। কাদের কাদেরকে আমার কুলখানিতে ইনভাইট করব। তারপর মনে হল, আমি তো মরেই গেছি, কে আসবে না আসবে, কখন জানাজা হবে, কোথায় দাফন হবে সেসব নিয়ে মাথা ঘামিয়ে কি লাভ। মেসেঞ্জারে আমার স্কুলের ফ্রেন্ডদের একটা থ্রেড আছে। ঐখানে জানিয়ে দিলে ওরাই সব ব্যবস্থা নিবে। আমাদের কাউকে কোন দৌড়াদৌড়ি করতে হবে না। ওরাই সব করবে।

মর্গটা খুঁজে বের করতে আমাদের বেশ সময় লাগল। রিসিপশনে পিয়ন গোছের যে ছিল সে আমাদের কিছুক্ষণ ধমকা ধমকি করল এত দেরি করে আসার জন্য। আব্বু ইশারা করতে আমি তার হাতে একটা একশ টাকার নোট গুঁজে দিলাম। সে চুপ করে কাগজপত্র বের করে আনল। আমি তো মৃত, আব্বু

সেখানে স্বাক্ষর দিতেই একটা স্লিপ ছিঁড়ে নিয়ে বলল, '২০৫ নাম্বার রুমে যান। ৩ নাম্বার বেড।'

আব্বু বলল, '২০৫ দোতালায় হওয়ার কথা থাকলেও এইটা সরকারী অফিস। তিন তলায় চল।'

২০৫ নাম্বার রুম খুঁজতে খুঁজতে আমার মনে হল প্রিয় মানুষ কয়েকজনকে ফোন না হলেও মেসেজ দিয়ে জানানো উচিত যে, আর দেখা হবে না। তারা কি কালকে একটু আমার জানাজায় এসে কাঁদতে পারবে? কালকে কি ওদের অফিসে প্রেজেন্টেসন আছে? নাকি উইকেন্ডে লম্বা ছুটি নিয়ে দেশের বাইরে ঘুরতে গিয়েছে? আসতে না পারলে সমস্যা নেই, ফেসবুকে একটা স্ট্যাটাস দিয়ে কেঁদে নেবে। সেটাও কম কি!

২০৫ নাম্বার রুমে গিয়ে লাশ ছাড়াতে আর কোন ঝামেলা হল না। স্লিপ নিয়ে লাশ দিয়ে দিল। সুন্দর করে প্যাক করা। বাসায় যাওয়ার আগে পচে যাওয়ার সম্ভাবনা নেই। ট্রলিতে লাশ চাপিয়ে একজন আমাদেরকে নিচ পর্যন্ত এগিয়ে দিল। আবারো আব্বু ইশারা করতে আমি ট্রলি ধরে থাকা লোকটার হাতে একটা একশ টাকার নোট গুঁজে দিলাম। সে একটা সালাম দিয়ে ট্রলি নিয়ে চলে গেল। কিরে আছিস? নাকি ঘুমিয়ে গেলি?"

টুপুর বলল, "আছি। আর কত লম্বা?"

“বেশি লম্বা না। প্রায় শেষ। সাড়া শব্দ নাই দেখে ভাবলাম ঘুমিয়ে গেছিস।” রায়হান বলল।

“তুইই তো না করলি কথা বলতে। তাড়াতাড়ি শেষ কর। ঘুম পাচ্ছে।”

“আচ্ছা। তো যে কোন হাসপাতাল, মর্গের আশেপাশে শকুনের মত সবসময় লাশবাহী এ্যাম্বুলেন্স পাওয়া যায়। এদের ড্রাইভাররা এসে মাছির মত আমাদের ছেঁকে ধরল। আব্বু তাদের সাথে দরদাম করতে লাগল। তুই তো জানিস আমি আবার দরদাম করতে পারি না। আমি তখন ভাবছিলাম আমার প্রাক্তন প্রেমিকাদেরও কি জানানো উচিত কিনা? তাদের প্রত্যেককে আমি অসংখ্যবার বলেছি, ‘তোমাকে ছাড়া বাঁচব না,’ ওরা কেউ নিশ্চয়ই কথাটা বিশ্বাস করেনি তখন। এসব কথা সবাই বলার জন্য বলে। সবাই জানে সেটা। আসলে কেউ কারো জন্য মারা যায় না। কিন্তু তারপরেও কি আমার মৃত্যু সংবাদ তাদেরকে কষ্ট দেবে না? একটুর জন্যও পুরোনো সুখস্মৃতি মনে করিয়ে দেবে না?

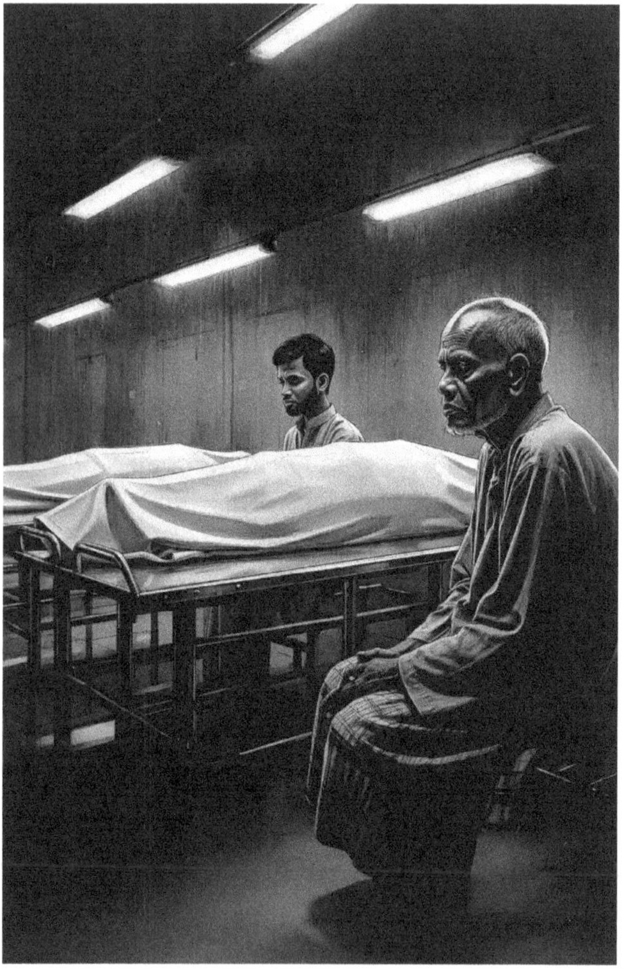

শেষ যার সাথে আমার সম্পর্ক ছিল তাকে আমিই সবকিছু থেকে ব্লক করে রেখেছিলাম। ফোন বের করে তার নাম্বারটা আনব্লক করে ফোন দিলাম। ধরল না। হয়ত ঘুমাচ্ছে। ওর খুবই উদ্ভট সময়ে ঘুমানোর অভ্যাস ছিল। কিংবা হয়ত আমার ফোন ধরতেই চায়নি। সমস্যা নেই কোন না কোন ভাবে হয়ত খবর পাবে।

এ্যাম্বুলেন্স ঠিক হতেই আমি লাশের সাথে পেছনে বসলাম। আর আব্বু সামনে ড্রাইভারের পাশে বসল রাস্তা দেখিয়ে নেয়ার জন্য।

এরমধ্যে কে জানি ফেসবুকে খবরটা দিয়ে দিয়েছে। প্রচুর ট্যাগড পোষ্ট আর মেসেজ আসতে লাগল। এত লোক যে আমাকে ভালবাসে, মিস করে আমি জানতামই না বুঝলি। আমি একটা একটা করে মেসেজ আর পোষ্ট পড়ে রিপ্লাই দিতে লাগলাম। কোন তাড়াহুড়ো নেই। আমি তো এখন মরে গিয়েছি। আমার কাছে এখন অনন্ত সময় পড়ে আছে যে কোন কিছু করার জন্য। এই হল আমার গল্প।”

“গল্প নাকি স্বপ্ন?” টুপুর বলল।

“স্বপ্নই। কিছুটা ভুলে গেছি বলে ইম্প্রভাইজ করলাম। লিখে ফেলব।” রায়হান উত্তর দিল।

“লিখে ফেল। খারাপ হয়নি। উদ্ভট, সুরিয়েলিজম, ম্যাজিক রিয়েলিজমের পাঠক আজকাল অনেক।”

“পাঠক অনেক হলেও আমার পাঠক নেই। আমি লেখক হিসেবে ফেইলিউর।”

“তারপরেও তো থামছিস না। লিখেই যাচ্ছিস। যাই হোক আমি রাখি, অফিস আছে। তোর মত সুখ কপালে নেই আমার।”

“আচ্ছা ঘুমা। আন্টি কেমন আছে?”

“আছে মনে হয় ভালই।” টুপুর গলায় অনিচ্ছা নিয়ে উত্তর দিল।

“তোকে ফোন দেয় না?”

“দেয় মাঝে মাঝে। ঐ একই কথা বলার জন্য। আর কতদিন একা থাকবি। বয়স হয়ে যাচ্ছে। বাচ্চা নিতে পারবি না পরে। ইত্যাদি ইত্যাদি।”

“তা কবে বিয়ে করবি? কাচ্চি খাব।”

“তুই কর বিয়ে, তোরটা খাই।”

“তোর ঠিক যে কারণে বিয়ে করার সাহস নেই, আমারও নেই। তোর তো তাও চাকরি আছে। আমি তো পুরা বেকার। কে বিয়ে করবে আমাকে?” রায়হান বলল।

“ঠিক বলেছিস। তোর আর আমার অবস্থা একই। এক কাজ কর। একটা সুগার মাম্মি জুটায় ফেল।”

“তাহলে তো সব সমস্যার সমাধান হয়ে যেত। কিন্তু সেটারও না আছে বয়স না আছে খোমা। সুগার গ্র্যানি লাগবে।”

“হা হা হা, যাই ঘুমাই রে। একদিন এসে দেখা কর। আমি নিজেও তোর খোমা ভুলে যাচ্ছি।” টুপুর বলল।

“আসবো একদিন। কিছুদিনের জন্য ডুব দিচ্ছি। ঢাকায় ফিরলে দেখা করতে আসব।” রায়হান বলল।

“কই যাচ্ছিস?”

“কই যাচ্ছি বললে তো আর ডুব দেয়া হবে না। ঢাকায় নেমেই ডিরেক্ট তোর বাসায় এসে ভাত খাব। প্রমিস।”

***

ফোন রেখে টুপুর ঘুমাতে যাবে এমন সময় আবার ফোন এলো। মায়ের ফোন। ধরবে কি ধরবে না তা নিয়ে একটু দ্বিধায় পড়ে গেল টুপুর। সোহানার

সাথে কথা বলতে চায় না ও। কিন্তু এত রাতে ফোন মানে এমারজেন্সি কিছুও হতে পারে। ফোন ধরল ও।

সোহানা কাঁদছেন। কান্নাকাটির মধ্যে টুপুর যা উদ্ধার করল তা হল ওর সৎ বাবাকে হাসপাতালে ভর্তি করা হয়েছে। হার্ট এট্যাক সম্ভবত। ডাক্তার কাউকে ভেতরে যেতে দিচ্ছে না। কিছু বলছেও না। টুপুর কোন রকমে হাসপাতালের নাম উদ্ধার করে তাড়াতাড়ি পোশাক বদলে একটা উবার ডাকল।

৪

নিউ মার্কেটে এখনো কিছু বইয়ের দোকান প্রাগৈতিহাসিক প্রাণীর মত দাঁড়িয়ে আছে। শীলা ওর কোর্সের একটা বই খুঁজছিল। জানত নিউ মার্কেটে পাবে না। কিন্তু পুরো নীলক্ষেত চক্কর দিয়ে না পেয়ে ভাবল একবার ঢুঁ দিয়ে গেলে ক্ষতি কি। তাছাড়া ওর হাতে সময়ের অভাব নেই। বাসায় ফিরে লাভ নেই। রবিনের সাথে ওর কিছুদিন আগেই ব্রেকাপ হয়েছে। বাসায় থাকলে বরং এসব নিয়ে চিন্তা করে মন মেজাজ খারাপ থাকে। প্রেম শীলার জীবনে ইতিমধ্যে অনেকবারই এসেছে। ও সুন্দরী। স্কুল থেকেই ওর পেছনে ঘোরার মত ছেলের অভাব হয়নি। কিন্তু বরাবরই ভুল মানুষের প্রেমে পড়ে আফসোস করেছে।

শীলার ভয় হচ্ছে অন্যখানে। ওর পিরিয়ডের ডেট পার হয়ে গেছে। শারীরিক অন্তরঙ্গতার সময় রবিন প্রটেকশন ব্যবহার করতে চায় না। ওর নাকি ভাল লাগে না। তারপরেও শীলা সাবধান থাকে। কিন্তু অঘটন কখন ঘটে বলা তো যায় না। খারাপ কিছু হলে কিভাবে সামাল দিবে ও চিন্তাও করতে পারছে না। রবিনের সাথে কথা বলে যে কিছু একটা করবে তার উপায় নেই। ব্রেকাপটা না করেও ওর উপায় ছিল না। রবিনকে ও মন প্রাণ দিয়ে ভালবেসেছিল। রবিনের

দিক থেকেও আগ্রহের কমতি ছিল না। গত ছয়টা মাস ওরা ভালই সময় কাটিয়েছে একসাথে।

বাসায় শীলার বিয়ের কথাবার্তা এখনো শুরু হয়নি। ও ভাবছিল রবিনের কথা বাসায় তুলবে। রবিন দেখতে শুনতে ভাল। ওর ফ্যামিলিও ভাল। বাসায় না করবে মনে হয় না। ও ভেবেছিল কোন একটা সুযোগে সবার সাথে পরিচয় করিয়ে দেবে। এমন সময় জানতে পারল অন্য মেয়ের সাথেও রবিনের সম্পর্ক আছে। তাও আবার একাধিক। এবং সবার সাথেই রবিনের শারীরিক সম্পর্ক আছে। শীলা যখন ওকে ধরে বসল তখন সে সেটা লুকানোর কোন চেষ্টাই করল না, অস্বীকারও করল না। তার কথা হল, সে শীলাকে ভালবাসে ঠিকই। কিন্তু অন্য মেয়েদের প্রতিও তার দুর্বলতা আছে। এটা শীলাকে মেনে নিতে হবে। এরপর শীলা সরে আসে। এখন কি করবে ও বুঝতে পারছে না। জন্মবিরতিকরণ পিল খাওয়ার জন্যও পিরিয়ডে সমস্যা হয়। সেটাও হতে পারে। শিওর হওয়ার আপাতত কোন উপায় নেই ওর কাছে।

এসব আকাশ পাতাল যখন ভাবছে, ঠিক এমন সময়েই কাকতালীয়ভাবে ঐ লোকটার দেখা হয়ে গেল একটা বইয়ের দোকানে। ভুরু কুঁচকে বইয়ের তাকের দিকে তাকিয়ে আছে। এখনো পরনে টিশার্ট আর জিন্স। শীলা কি মনে করে তাকে সালাম দিয়ে ফেলল। লোকটা থতমত খেয়ে বলল, “আমাকে বলছেন?”

“জি, সালাম দিলে উত্তর দিতে হয়, জানেন না নাকি?” শীলা তাকে আরো ভড়কে দেয়ার চেষ্টা করল। লোকটার অপ্রস্তুত অবস্থা দেখে মজা পাচ্ছে। কিন্তু লোকটা সামলে নিল।

“ওয়ালাইকুমুস সালাম। সরি আমি ভেবেছিলাম আপনি আমাকে চেনেন। আমি বোধহয় চিনতে পারিনি। লোকজনের চেহারা মনে রাখতে পারি না আমি। আমার নাম রায়হান।” সে বলল। লোকটার চোখে সেই গাঢ় ব্যাপারটা ফিরে এসেছে। খেয়াল করল শীলা।

“আপনাকে বইমেলায় দেখেছিলাম,” বলল শীলা, “মনোযোগ দিয়ে ছবি তুলছিলেন।”

“ও আচ্ছা। ছবি তোলা আর লেখালেখি আমার নেশা। পেশাও কখনো কখনো।” রায়হান বলল।

“তাই নাকি! আপনি লেখালেখিও করেন? অবশ্য আজকাল সবাই লেখক। আপনার বই কয়টা?” শীলা খোঁচার মুডে আছে আজকে।

“দুইটা। কিন্তু সেগুলো কোথাও পাওয়া যায় বলে মনে হয় না।”

“সেকি! বই যদি পাওয়াই না যায় তাহলে আবার কেমন লেখক? নাকি এত বেশি বিক্রি হয়েছে যে মার্কেট আউট? আপনি কি বিখ্যাত কেউ নাকি?”

"হা হা, বরং উল্টো। বই বিক্রি হয় না বলেই প্রকাশক ওগুলো গুদাম থেকে বের করে না। কিংবা হয়ত ঠোঙাওয়ালাদের কাছে বেচে দিয়েছে। কে জানে। আমি খুবই ফ্লপ লেখক। বিখ্যাত তো দূরের কথা, অখ্যাত এর নিচে কিছু থাকলে সেটা।"

"আপনার মত অখ্যাত লেখকের সাথে পরিচিত হয়ে খুশি হলাম। আপনি আমার নাম জানতে চাননি। আমার নাম শীলা।"

"সরি আমি আসলে সামাজিক ব্যাপার স্যাপারে অভ্যস্ত না। বাউন্ডুলে মানুষ।" রায়হান মাথা চুল্কাতে চুল্কাতে বলল।

"তা অবশ্য আপনাকে দেখলে কিছুটা আঁচ করা যায়। চা খাবেন?"

"আমি এমনিতে চা খাই না। তবে আপনি খেতে চাইলে খাব।" রায়হান বলল।

"ওমা, চা খায় না এরকম লেখক আছে নাকি! এজন্যই আপনার লেখা কেউ পড়ে না।" শীলা অবাক হয়ে বলল।

"আপনার কি ধারণা লেখক মানেই চা-বিড়ি, গাঁজা-মদ খাবে আর সারাদিন ধরে লেখালেখি করবে? পরনে থাকবে পাঞ্জাবি, সাথে ঝোলা। মুখ ভর্তি দাঁড়ি, উস্কোখুস্কো চুল?"

“আরে আরে রেগে যাচ্ছেন নাকি? আমি তো এমনি মজা করছি। সিরিয়াস নেহি হোনে কা। আপনার অবশ্য মুখ ভর্তি না হলেও দাঁড়ি আছে আর উস্কোখুস্কো চুলও আছে। আগেরবার যেই কালো টিশার্ট আর জিন্স পরে ছিলেন এবারও তাই পরে আছেন। আপনার কি একটাই ড্রেস? গোসল-টোসল করেন? অন্তত দাঁত তো মাজেন নাকি?” শীলা হাসতে হাসতে বলল।

রায়হানও হাসল। শীলা খেয়াল করল রায়হানের হাসি সুন্দর না। কিন্তু তাও ওর ভাল লাগল।

রায়হান টং থেকে একটা কেক নিয়ে টুকরো করে সামনে থাকা কুকুরটার দিকে ছুঁড়ে দিল।

“আপনাকে ফেসবুকে অ্যাড করি?” শীলা বলল।

“শিওর। তবে আমি ফেসবুকে ঢুকি কম। অশান্তি লাগে। মেসেঞ্জারে পাবেন শুধু।” রায়হান বলল।

“তাহলেই হবে। মাঝে মাঝে নক দিব নে।” শীলা চায়ে চুমুক দিয়ে বলল।

“আমি তাহলে এখন আসি। একটু পর আমার বাস।” রায়হান বলল।

“কোথায় যাচ্ছেন আপনি?” শীলা অবাক হয়ে জিজ্ঞেস করল। লোকটার সাথে একটা ছোট ব্যাকপ্যাক ছাড়া কিছু নেই।

“অনেক দূরে, তেপান্তর। ডুব দিতে যাচ্ছি। সেজন্য কয়েকটা বই নিতে এসেছিলাম।”

“আচ্ছা তাহলে যান। আশা করি আবার দেখা হবে। আর মেসেঞ্জারে তো কথা হবেই মাঝে মাঝে যদি চান।” শীলা বলল।

রায়হান কিছু না বলে মাথা নেড়ে চলে যেতে গেল।

“শুনুন, ঐদিন যখন আপনাকে প্রথম দেখলাম। আপনার মধ্যে আমি কিছু একটা দেখেছিলাম। একটা ভয়ংকর কষ্ট ধরণের কিছু আপনাকে ঘিরে ছিল।” কথাটা বলে শীলা বুঝতে পারল বলা ঠিক হয়নি।

রায়হান ওর দিকে নীরবে কিছুক্ষণ তাকিয়ে থেকে বলল, “লেখক তো আপনারই হওয়া উচিৎ ছিল মনে হচ্ছে।”

তারপর ঘুরে সেদিনের মত মার্কেটের ভিড়ের ভেতর অদৃশ্য হয়ে গেল।

শীলার মনে হল নিজেকে কষে একটা চড় দিতে পারলে ভাল হত। সেটা না করে ও স্বাদহীন চা-টা শেষ করল।

৫

হাসপাতালে ভয়াবহ অবস্থা। হাউ কাউ তো আছেই, লোকজনের এদিক ওদিক ছোটাছুটি। ফোনের নেটওয়ার্ক ঝামেলা করছে। সোহানার ফোনে ঢুকছে না। কোথায় কার কাছে যেতে হবে কেউ কিছু বলতে পারে না। তথ্য কেন্দ্র বলে একটা ডেস্ক রাখা আছে, সেখানে একজন আছে যার মনে হয় কানে সমস্যা। তাকে কিছু বললে না শোনার ভান করে মোবাইল টিপতে থাকে। আসলে সে নিজেও কিছু জানে বলে মনে হয় না। টুপুরের ইচ্ছা করছিল ঠাস করে লোকটার গালে একটা চড় বসিয়ে দিতে।

ওর ধারণা ছিল শুধু সরকারী হাসপাতাল গুলোরই অবস্থা খারাপ। এখন দেখা যাচ্ছে বেসরকারিগুলোও কম যায় না। একটু পরিষ্কার। বাকি সব একই। টুপুরের হাসপাতালে সমস্যা হয়। ছোটবেলায় বাবা মারা যাওয়ার পর ওকে হাসপাতালে নিয়ে যাওয়া হয়েছিল ঠিকই কিন্তু বাবাকে দেখতে দেয়া হয়নি। আসিফ মারা যাওয়ার সময় ও জোর করে আসিফের থেঁতলে যাওয়া দেহটা দেখেছিল। এরপর আর কখনো হাসপাতালে যায়নি ও। হাজার শরীর খারাপ হলেও না। সোহানাকে একবার এপেন্ডিক্স

অপারেশনের জন্য ভর্তি করা হল। টুপুর দেখতে যায়নি।

টুপুরের সৎ বাবা ইউনুস সাহেব খুবই ভাল একজন বাবা। তিনি কখনো টুপুরকে নিজের সন্তানের চেয়ে আলাদা করে দেখেননি। টুপুরের দুটো সৎ ভাই আছে। ওর ধারণা ইউনুস সাহেব তাদের চেয়ে ওকেই বেশি ভালবাসেন। টুপুর যখন আসিফকে বিয়ে করার সিদ্ধান্ত নিল তখন ইউনুস সাহেবের মত খুশি আর কেউ হয়নি। ওদের বিয়েতে তার মত ফুর্তি কেউ করেনি। আসিফ মারা যাওয়ার পর টুপুর যখন একা থাকার সিদ্ধান্ত নিল তখন ইউনুস সাহেবই সব ব্যবস্থা করেছেন। ওর যখন যা লেগেছে না চাইতে পেয়েছে। এই মানুষটা যখন হাসপাতালে তখন টুপুর না এসে পারেনি।

এমন সময় পরিচিত একজনকে চোখে পড়ল। ছেলেটা টুপুরের মায়ের দিকের কাজিন ধরণের কেউ হবে। সে টুপুরকে জায়গামত নিয়ে গেল। আইসিইউ এর সামনে কলাপসিবল গেট টেনে দেয়া। এর বাইরে লোকজন জটলা পাকিয়ে আছে যাদের কাউকেই টুপুর চেনে না। তবে সোহানাকে দেখতে পেল ও। একটা সিটে বসে কাঁদছে। আশেপাশে বয়স্ক কিছু মহিলা তাকে বোঝানোর চেষ্টা করছে। একজনকে দেখা গেল উচ্চস্বরে সুরা পড়ছে। সে সম্ভবত একটাই সুরা জানে। ঐটাই বারবার পড়ছে।

টুপুরকে দেখে একজন বয়স্ক পুরুষ বলল, "মা, এত দেরি করলে কেন? মাথায় কাপড় দেও। অজু আছে? দোয়া ইউনুস পড়া শুরু কর। আল্লাহ চাইলে সব ঠিক হয়ে যাবে..."

টুপুর ইচ্ছা করে তার পায়ে পাড়া দিয়ে মায়ের দিকে এগিয়ে গেল। ওকে দেখে একজন উঠে সোহানার পাশে জায়গা করে দিল। সোহানা ওকে দেখে কান্না থামিয়ে বললেন, "সব ঠিকই ছিল। খেয়ে দিয়ে ঠিক মত ঘুমাতে গেল। মাঝরাতে উঠে বলে বুকে প্রচন্ড ব্যথা, এখনই হাসপাতালে নিতে হবে। তাড়াতাড়ি ড্রাইভারকে উঠিয়ে এখানের এমারজেন্সিতে নিয়ে এলাম। বাসার কাছের হাসপাতাল বলে। ওরা সোজা আইসিইউতে নিয়ে গেল। কিছু বলছে না কি অবস্থা।"

টুপুর কিছু বলল না। একজন মহিলা ওর কাঁধে হাত রাখলে চোখ গরম করে তার দিকে তাকাল। মহিলা সাথে সাথে হাত সরিয়ে নিয়ে অন্যদিকে সরে গেল।

একটু পরেই আইসিইউ থেকে একজন ডক্টর বের হয়ে বলল ইউনুস সাহেবের অবস্থা ঠিক আছে। কিন্তু চব্বিশ ঘন্টা পর্যবেক্ষণে রাখা লাগবে। তারপর কেবিনে দেয়া হবে। শুধু শুধু ভিড় করে লাভ নেই। দরকারে ফোন দেয়া হবে। আস্তে আস্তে ভিড় কমে গেল। শুধু টুপুর আর দুই একজন বসে থাকল।

যাদেরকে ও চেনেও না। সোহানাকে বাসায় পাঠিয়ে দেয়া হয়েছে বিশ্রাম নেয়ার জন্য। এখানে থেকে তার কোন লাভ নেই।

টুপুর মোবাইলে দেখল প্রায় ছয়টা বাজে। এখন বাসায় যাওয়ার কোন মানে হয় না। সকাল হলে বের হবে। অফিসে ছুটি নিতে হবে। বসকে মেসেজ দিয়ে রাখল ও।

কি মনে করে শেখর আর রায়হানকেও মেসেজ দিয়ে বাবার ব্যাপারটা জানিয়ে রাখল।

শেখর অনলাইনে নেই। আর রায়হান যেখানে গেছে সেখানে নেটওয়ার্কই নেই। সমস্যা নেই। যখন জানে জানুক। ওরা তো এসেও কিছু করতে পারবে না।

হাসপাতালে একটা চব্বিশ ঘন্টা খোলা ক্যান্টিন আছে। ওখানে গিয়ে ও চা নিল একটা। একটা বিড়াল এসে ওর পায়ের কাছে বসে থাকল। হাসপাতাল ভর্তি বিড়াল।

স্মৃতি খুবই বিচিত্র একটা জিনিস। অনেক স্মৃতি আছে যেগুলো এখনো স্পষ্ট, কিছু স্মৃতি আছে যেগুলো ও ভুলে গিয়েছে কিন্তু হঠাৎ হঠাৎ বিভিন্ন সময়ে মনে পড়ে। যেমন আসিফ একবার চায়ে ডুবিয়ে আলুর চপ খেয়েছিল। এভাবে আলুর চপ খেতে নাকি ওর ভাল লাগত। কি বিদঘুটে ব্যাপার।

টুপুরের সবচেয়ে প্রিয় স্মৃতি হচ্ছে অলস দুপুরগুলো। একসাথে নেটফ্লিক্সে কোন একটা মুভি বা সিরিজ শেষ করে ফেলা। মাঝে মাঝে ব্রেক নিয়ে কিছুক্ষণ দুজন দুজনকে জড়িয়ে পড়ে থাকা। একজন আরেকজনের দিকে অপলক তাকিয়ে থাকা, গভীর কিছু চুমু। ফলশ্রুতিতে আরো অন্তরঙ্গ কিছু মধুর মুহূর্ত।

"তুমি কি জানো আমি তোমাকে ভালবাসি?" টুপুর এই কথটা প্রায়ই বলতো। আসিফ প্রতিবারই মাথা নেড়ে বলত, "কই কখনো বলোনি তো!"

আসিফ যেদিন মারা গেল সেদিনও অফিস যাওয়ার আগে টুপুর ওকে চুমু খেয়ে বলেছিল, "তুমি কি জানো আমি তোমাকে ভালবাসি?"

আসিফ পালটা চুমু দিয়ে বলেছিল, "কি প্রমাণ আছে?"

সেই প্রমাণ দেয়ার সুযোগ টুপুরের সামনে আর কখনো আসেনি।

৬

শীলা সবসময় দেখে এসেছে ছেলেরা ওর প্রতি আগ্রহ দেখায়। ওর ছবিতে লাইক কমেন্ট করে। ইনবক্সে কথা বলতে চায়। রায়হানকে অ্যাড করার পর তিন দিন পার হয়ে গেছে, লোকটার কোন খবর নেই। অনলাইনে আছে তো অবশ্যই, সুন্দর সুন্দর সব ছবি আপলোড করছে। শীলা লজ্জা-শরমের মাথা খেয়ে সেসব ছবিতে লাভ সাইন দিয়ে যাচ্ছে কমেন্ট করছে। কোন লাভ হচ্ছে না। বাধ্য হয়ে ও নিজে থেকেই সাথে রায়হানকে চ্যাটে নক করল।

“ভাল আছেন?”

“এই তো আছি বেঁচে। আপনার কি খবর?”

“চিনতে পেরেছেন আমাকে? ঐ যে বইয়ের দোকানে দেখা হল সেদিন।”

“অবশ্যই চিনতে পেরেছি।”

“আপনি খুব ভাল ছবি তোলেন।”

“ধন্যবাদ 😊 চেষ্টা করি আর কি।”

“জায়গাটা কোথায়? খুব সুন্দর। সিলেট?”

“সিলেট, শ্রীমঙ্গল, হবিগঞ্জ, মৌলভীবাজার, সব জায়গারই কিছু কিছু ছবি আছে।”

“বাঃ প্রচুর ঘুরছেন তার মানে।”

“বাউন্ডুলে মানুষ, ঘোরাঘুরিই আমার কাজ।”

“তারমানে আপনি সিঙ্গেল?”

“অবশ্যই। কোথাও কোন শিকল বাঁধা নেই। হা হা হা।”

“ভালবাসা মানেই শিকল বুঝি?”

“হ্যাঁ।”

“এত রাগ কেন আপনার ভালবাসার প্রতি?”

“রাগ কোথায় বললাম। কোন রাগ নেই। শুধু ঐ পথ আর মাড়াতে চাই না।”

“খুব জোর ছ্যাঁকা খেয়েছেন বুঝি?”

“হা হা, হ্যাঁ বলতে পারেন।”

“আপনাকে দেখলে বোঝা যায় আপনার ভেতর একটা বড় কষ্ট লুকিয়ে আছে।”

“এরকম কিছু একটা সেদিন আপনি বলেছিলেন। কেন আপনার এরকম মনে হচ্ছে? কষ্ট কার ভেতর না থাকে?”

“না না, আপনারটা আলাদা। মেয়েরা অনেক কিছু বুঝতে পারে। আপনাকে দশ জন থেকে আলাদা করা যায়।”

“কি বললেন এটা? আমার মা তো বলে আমি রাস্তায় নামলে ফকিরের সাথে কেউ কোন পার্থক্য বলতে পারবে না হা হা।”

“কথা এড়িয়ে যাচ্ছেন। ভালবেসে কষ্ট পেয়েছেন তাই না? আমি কি বেশি পারসোনাল প্রশ্ন করে ফেলছি?”

“তা করছেন। ভালবাসা নিয়ে কথা না বললেই ভাল।”

“আচ্ছা, সরি। কি করছেন এখন?”

“সত্যিটা জানতে চান, নাকি মিথ্যা?”

“অবশ্যই সত্যি।”

“হাইওয়ের পাশে বসে আপনার সাথে চ্যাট করছি। কারণ এখানেই শুধু ইন্টারনেটের নেটওয়ার্ক পাওয়া যায় হা হা হা। ছবি আপলোড করার জন্য এখানে আসি। আর কেউ কোন মেসেজ দিল কিনা দেখি।”

“আমার সাথে আবার একদিন দেখা করবেন?”

“কি হবে দেখা করে?”

"জানি না, মনে হচ্ছে দেখা হলে ভাল লাগত।"

"আপনার মনে হচ্ছে মন খারাপ?"

"হ্যাঁ, কারণটা জানতে চান?"

"বলতে চাইলে শুনব অবশ্যই।"

"কিছুদিন আগে আমার ব্রেকাপ হয়েছে। আর এখন পিরিয়ড হচ্ছে না।"

"..."

"কি কথা হারিয়ে ফেললেন যে?"

"বুঝতে পারছি না কি বলা উচিৎ।"

"আমার সাথে দেখা করুন। আমার মন ভাল করে দিন। আপনাকে নিয়ে আমি কাল রাতে স্বপ্ন দেখেছি।"

"বাঃ! কি স্বপ্ন?"

"কি স্বপ্ন সেটা বলা যাবে না।"

"বলা যাবে না তাহলে বললেন কেন?"

"কারণ স্বপ্নটা দুষ্টু স্বপ্ন 😉 দেখা করলে বলব।"

"শীলা, আমি নিশ্চিত আপনার সাথে দেখা করার জন্য, আপনার মন ভাল করার জন্য অনেক ছেলে

অপেক্ষা করছে। আমি দুঃখিত আমি সেরকম কেউ নই। আমি আপনাকে ভাল করে চিনিও না। আপনার মন ভাল করার দায়িত্বও আমার না। আপনার দুষ্টু স্বপ্নটা কি জানার জন্য আমার কোন আগ্রহও নেই।"

"রেগে যাচ্ছেন কেন? আমি তো শুধু মজা করে বলেছি। আমার মন খারাপ সত্যি। কিন্তু আপনাকে কিছু করতে হবে না।"

"ধন্যবাদ, এরকম মজা আর না করলে ভাল হয়। সুন্দরী মেয়েরা মনে করে, চাইলেই সব ছেলেদের নাকে দড়ি দিয়ে ঘোরানো যায়। এটা ভুল ধারণা।"

"আপনি তাহলে বলতে চাইছেন আমি সুন্দরী?"

"আমার পুরো কথার মধ্যে আপনার চোখে ঐ অংশটাই পড়ল?"

"না, আমার চোখে আরো কিছু পড়েছে। যেমন আপনাকে ছাড়া গত কয়েকদিন আমি আর কিছু ভাবতে পারছি না। আপনার চোখগুলো আমাকে বার বার ভাবাচ্ছে। কি কষ্ট, কি রহস্য লুকিয়ে আছে সেখানে সেটা আমি জানতে চাই।"

"কি বলছেন এসব?"

"দেখুন আমি খুবই স্পষ্টবাদী একটা মেয়ে। আমার যা ভাল লাগে আমি তা লুকাই না। আমার যা খারাপ লাগে সেটাও আমি লুকাই না। আপনাকে

আমার ভাল লেগেছে। অসম্ভব ভাল। আপনাকে আমি আরো জানতে চাই। আপনি যে কোন আগ্রহ দেখাচ্ছেন না এটা খারাপ লাগছে। ক্লিয়ার?"

"দেখুন শীলা, আপনাকে ধন্যবাদ সরাসরি সব বলার জন্য। আমিও আপনাকে সরাসরিই বলি ওকে? খারাপ ভাবে নেবেন না। মাত্র কয়েকদিন আগেই আপনি আরেকজনকে পছন্দ করতেন। আপনার পছন্দের উপর আমি ভরসা পাচ্ছি না এমনিতেও। আর আপনি ঠিক ধরেছেন। আমার জীবনের উপর দিয়ে একটা ঝড় গেছে। আমি সেটার আফটারম্যাথ থেকে বের হতে পারিনি। তাই আপনি আগ্রহী হলেও আমি আগ্রহ দেখাতে পারছি না, সরি।"

"আমিও সরি। জীবন আসলে অনেক কমপ্লিকেটেড। পছন্দের একজন মানুষের সাথে একটা সম্পর্ক যে প্রেমই হতে হবে তা তো নয়। আসুন আমরা একদিন দেখা করি। চা খেতে খেতে গল্প করি? এটুকু অনুরোধ তো রাখতে পারবেন?"

"জানি না, হয়ত হবে কোন একদিন। আমি কবে আবার ঢাকায় ফিরব তার কোন ঠিক-ঠিকানা নেই।"

"বাঙ্গালির এই ধরণের কথা হল ইন্ডিরেক্ট 'না' বলা। এসব বললে চলবে না। আপনি তেড়িবেড়ি করলে আমি নিজেই আপনার কাছে চলে আসব। চা

বাগান থেকে চা তুলে খেয়ে আবার ঢাকায় ব্যাক করব।”

“কেউ কি আপনাকে বলেছে যে আপনার মাথায় সমস্যা আছে?”

“কেউ বলেনি। তবে মনে হচ্ছে আপনার জন্যই আমার এই সমস্যা হচ্ছে।”

“ঠিক আছে, আপনি যখন আমার কথা জানতেই চান। বলব আপনাকে। তবে পুরো ব্যাপারটা হবে দেয়া নেয়ার। আপনি আপনার কাহিনী বলবেন আমি আমার কাহিনী বলব। তেপান্তরের মাঠে বসে পুরো আলাপ হবে। ডিল?”

“ডিল। এখন বলুন এই তেপান্তরের মাঠটা কোথায়?”

“সেটা আপনাকেই খুঁজে বের করতে হবে। যেদিন খুঁজে পাবেন, সেদিন কথা হবে।”

৭

টুপুর এসেছে শেখরের সাথে কফি খেতে। ঢাকা শহরে এখন কফি শপের অভাব নেই। বড় বড় ফ্যান্সি কফি শপগুলোতে তো ভিড়ের জন্য জায়গাই পাওয়া মুশকিল। হাউকাউ চেঁচামেচি। স্পিকারে উচ্চ সুরে গান বাজছে। এসব জায়গায় যেতে ভাল লাগে না টুপুরের। তাই ওরা বনানীর এমন একটা রেস্টুরেন্টে এসেছে যেখানে হালকা স্ন্যাক্স আর কফিও পাওয়া যায়। আর তাই এখানে ভিড় নেই বললেই চলে। দুজনের অফিস থেকেও জায়গাটা কাছে।

"এখানের পাস্তা ভাল। ট্রাই করে দেখতে পারো।" শেখর বলল।

"কতজনের সাথে ডেটে এসেছ এখানে হুম?" টুপুর খোঁচা দিল।

"এসেছি দুই-একবার। জায়গাটা আমার পছন্দের। ভিড় কম, খাবার ভাল। তাহলে কি ধরে নিতে পারি আজকের দেখাটা একটা ডেট?"

"বেশি সাহস ভাল না। কফি আমার তেমন পছন্দও না। আমার পছন্দ চা। এখন যখন কফি খাওয়াতে এনেছ, কফি খাওয়াও। আর কিছু খাব না।"

“আংকেলের কি অবস্থা এখন?” শেখর জানতে চাইল।

“আপাতত ভাল। তবে রিস্ক আছে এখনো। হার্টে ব্লক আছে। রিং পরাতে হবে। সিঙ্গাপুরে নিয়ে যাবে দুই-একদিনের মধ্যেই।”

“তুমি যাবে না?” শেখর জানতে চাইল।

“নাহ। আমার সৎ ভাই দুজনই সিঙ্গাপুরে থাকে। আম্মুও যাবে। ওরাই দেখাশোনা করতে পারবে। হাসপাতাল আমার এমনিতেও সহ্য হয় না। জানোই তো।” টুপুর বলল।

“আমার মনে হয় তুমি আসলে আন্টির সংস্পর্শ এড়াতে চাও।”

“সেটা পুরোপুরি সত্যি না। তিনি আসলে খারাপ মানুষ নন। কিন্তু আব্বুর মৃত্যুর পর আমার আসলে তার আশেপাশে থাকতে ভাল লাগে না কেন জানি। দোষটা পুরোপুরি আমার।”

“হুম।” শেখর একটা সিগারেট ধরালো। টুপুরও একটা নিয়ে ধরালো। ও স্মোকার না। বন্ধুরা খেলে একসাথে টান দেয়।

"তোমার খবর বল। কাউকে ডেট করছ? গিভ মি সাম এক্সাইটিং নিউজ।" টুপুর ধোঁয়া ছেড়ে জানতে চাইল।

"এক্সাইটিং কিছু নেই। দুই-একজনের সাথে দুই-একবার ডেট করে ভেগে গিয়েছি। লং টার্ম একটা রিলেসনের জন্য কাউকে পাচ্ছি না। এখনকার মেয়েরা জানি কেমন। অস্থির। এরা সব কিছু দ্রুত চায়। সব কিছু সোশ্যাল মিডিয়ায় শো অফ করতে চায়। সত্যিকারের সম্পর্কের প্রতি এদের আগ্রহ নেই বা কে জানে ওদের কাছে সম্পর্কে সংজ্ঞাই হয়ত এমন।"

"তাহলে তো মার্কেটের অবস্থা বেশ খারাপই বলতে হয়। তোমার মত সুদর্শন, ভাল ক্যারিয়ারের ছেলের যদি এই অবস্থা হয় তাহলে অন্যদের তো কোন চান্সই নেই।"

শেখর হা হা করে হাসল। "তুমি ছাড়া আর কেউ আমাকে সুদর্শন বলেনি কখনো। অথচ তুমিই কিনা আমাকে কোন পাত্তা দেও না।"

"কে বলল পাত্তা দেই না। এই যে দিচ্ছি। কফি খেতে এসেছি না?"

"এই পাত্তা সেই পাত্তা না। আচ্ছা একটা প্রপার ডেটে চল? হয় কোথাও ঘুরতে যাই, বা সিনেমা দেখতে যাই, তারপর একটা ফুল কোর্স ডিনার। তোমার যা খেতে ইচ্ছা করে।"

“ঐসব নাটক সিনেমা আমার ভাল লাগে না। ঘর আর অফিসের বাইরে আমার সবকিছু বিতৃষ্ণা লাগে। এজন্যই বের হই কম। তারচেয়ে তুমি একদিন বাসায় এসো। আমি তোমাকে রান্না করে খাওয়াব। সাদা পোলাও, চিকেন রোস্ট, মাটন রেজালা। চলবে?”

“কি যে বল। অবশ্যই চলবে। আমি কিন্তু হিন্দু হলেও বিফ খাই।”

“আচ্ছা বিফ-মাটন কিছু একটা করব। আমি তো রেড মিট খাওয়া ভুলেই গিয়েছি এক রকম।”

দুজনে চুপচাপ কিছুক্ষণ ধূমপান করল। পুরাতন কর্মস্থল নিয়ে আলাপ হল। কে কোথায় আছে, কি করছে। কর্পোরেট গসিপ। একটু পর রেস্টুরেন্টে ডিনারের ভিড় শুরু হলে ওরা বের হল। শেখর বলল, “চল তোমাকে বাসায় ড্রপ করে দিচ্ছি।”

শেখরের বাসা উত্তরায়। টুপুর যাবে ধানমন্ডি। তাই ও বলল, “তোমার কষ্ট করে উল্টো দিকে যাওয়া লাগবে না। আর এখন রাস্তায় যে জ্যাম। আমি উবার ডেকে চলে যেতে পারব। থ্যাংকস ফর এভরিথিং।”

৮

দোস্ত,

কেমন আছিস? চিঠি পেয়ে অবাক হয়েছিস কিনা বল? তুই বরং চিঠি পেলে আমি বেশি অবাক হব কারণ ডাক বিভাগ এখনও ঠিক ঠাক মত চিঠি ডেলিভারি করে কিনা আমার যথেষ্ট সন্দেহ আছে। এমনও চান্স আছে গত এক বছরে এই প্রথম কোন চিঠি ডেলিভারির কাজ তারা পেয়েছে।

শোন, তোকে যে ফোন করতে পারতাম না তা না। রাতে কিছুটা নেটওয়ার্ক পাওয়া যায়। মেইন রোডের দিকে একটু এগিয়ে গেলে পুরো নেটওয়ার্কই পাওয়া যায়। কিন্তু ফোন দিতে ইচ্ছা করল না। ভাবলাম চিঠি পাঠিয়ে তোকে চমকে দেই। তোর জন্য ভাল চা কিনেছি। আসার সময় নিয়ে আসব।

এবার শোন আসল ঘটনা। একটা মেয়ে আমার প্রতি আগ্রহ দেখাচ্ছে। আগ্রহ দেখাচ্ছে মানে মেয়েরা যে এভাবে ফ্লার্ট করতে পারে তা আমার জানা ছিল না। মেয়েটা সম্পর্কে আমি তেমন কিছুই জানি না। বইমেলায় নাকি সে আমাকে দেখেছে। তারপর যেদিন ঢাকার বাইরে যাব ঐদিন নিউ মার্কেটে প্রথম কথা হয়েছে। ফেসবুকে অ্যাড করেছে। ধুমিয়ে সব ছবিতে

লাইক দিচ্ছে কমেন্ট দিচ্ছে। ইনবক্সে ম্যাসেজ দিচ্ছে। এখানে তো ফোনের নেটওয়ার্কই নেই আর ইন্টারনেটের অবস্থা নাই বা বললাম। এর মধ্যেই কথা বার্তা বেশ এগিয়েছে। আই উইশ আমি তোকে ওর লেখাগুলো দেখাতে পারতাম। স্ক্রিনসট পাঠানোর অবস্থা নেই।

দোস্ত বুঝতে পারছি না আমি কি করব। মেয়েটার অ্যাটেনসন আমার ভালোও লাগছে। কেয়ারিংও মনে হচ্ছে। খালি একটু বেশি ছটফটে। কিন্তু তুই তো আমার কাহিনী জানিস। কিরে কেটেছি আর প্রেম ট্রেম করব না। গতবার বিট্রেয়ালের পর আমি প্রায় শেষই হয়ে গিয়েছিলাম। আবার সেই রিস্ক নেয়ার সাহস বা ইচ্ছা কোনটাই নেই। তুই আর আমি একই পথের পথিক। সেজন্যই তোকে বলছি।

আমাকে বল আমি কি করব। সে আমার সাথে দেখা করার জন্য উদগ্রীব হয়ে আছে। তুই হ্যাঁ বললে আমি দেখা করব। আর না বললে, আমি সাথে সাথে মেয়েটাকে ব্লক মেরে উধাও হয়ে যাব।

শুধু ঐ মেয়ে না। এখানে আমার একটা বিড়ালের সাথেও খাতির হয়েছে। আমি এতদিন ডগ পারসন ছিলাম। এখন ক্যাট পারসনও হয়ে গেছি। বিড়ালের নাম রেখেছি তোর নামে- টুপুর। ছবি তুলে রেখেছি। তোকে দেখাবো নে। কমলা রঙের গুলুমুলু একটা বিড়াল। সবসময় আমার আশেপাশে ঘোরে।

আর কি খবর জানাস। আংকেলের আপডেট কি? দেশে কি হচ্ছে এখন? তৃতীয় বিশ্বযুদ্ধ শুরু হলে এদিকে চলে আসিস। এমন জঙ্গলে থাকি কেউ বোমা ফেলতেও আসবে না।

এমনভাবে লিখছি যেন তুই চিঠি দিবি। দিলে অবশ্য খারাপ হয় না। নিচে ঠিকানা দিয়ে দিচ্ছি। ট্রাই মেরে দেখ।

ইতি

তোর জানে জিগার

রায়হান

৯

শীলা যে হুট করে শ্রীমঙ্গলে চলে আসবে, তা রায়হান কখনো কল্পনাও করেনি। মেয়েটার মাথায় ভাল সমস্যা আছে। রায়হানের প্রতি ও যে আগ্রহী তা তো কথোপকথনেই পরিষ্কার বুঝিয়ে দিয়েছে। ব্যাপারটা রায়হানের ভালও লাগছে কিন্তু রায়হান সাবধান হওয়ার প্রয়োজনীয়তা বোধ করছে। এক ভুল ও বারবার করেছে, আরেকবার করতে চায় না। ওর আগের সম্পর্কগুলো যখন ভেঙ্গেছে তখন সেগুলোর সাথে ও নিজেও ভেঙে টুকরো টুকরো হয়েছে। ভালবাসার প্রতি শ্রদ্ধাবোধ চলে গেছে, কাউকে বিশ্বাস করতে চাওয়ার ব্যাপারটায় ও এখন প্রচন্ড ভয় পায়। ও জানে, দুইদিন সম্পর্ক ভাল যাবে, তারপর ও যখন অন্য মানুষটার উপর নির্ভর করতে শুরু করবে তখন ঠিকই সে একদিন ওকে গুঁড়িয়ে দিয়ে চলে যাবে। একটা মানুষ এক জীবনে কয়বার ভাঙতে পারে? শীলার সাথে এটা নিয়ে সরাসরি কথা বলতে হবে।

"বাঃ ঢাকার বাইরে এসে আপনার তো দেখি উন্নতি হয়েছে। ফালতু কালো টিশার্টটা বদলেছেন। জিন্সটা এখনো ফেলেননি অবশ্য।" শীলা বলল।

"গরম কালে এলে লুঙ্গি-সেন্ডো গেঞ্জিতে পেতেন। সেটা যে আপনাকে দেখতে হচ্ছে না সেজন্য শোকর করেন।" রায়হান বলল।

"এই রিসোর্টটা তাহলে আপনার মামার?" শীলা বাংলো দেখে অবাক হয়ে জানতে চাইল।

"বন্ধুর মামার। আমি পার্টটাইম কেয়ারটেকার বলতে পারেন। রিসোর্ট বললে ভুল হবে। এটা আসলে সস্তা ধরণের একটা গেস্ট হাউজ। দুটো বাংলোতে চারটা রুম আছে। যারা ভিড় এড়িয়ে অল্প খরচে কোথাও থাকতে চান তারা এখানে আসেন। যেহেতু এখন অফসিজন। গেস্ট-টেস্ট নেই। দেখাশোনার ফুল টাইম একজন কেয়ার টেকার আছে, রান্নার জন্য একজন খালা আছে। আমার যখন দমবন্ধ লাগে তখন শহর থেকে পালাতে এখানে চলে আসি। লেখালেখি করার চেষ্টা করি। ছবি তুলি।" রায়হান ব্যাখ্যা দিল।

"সুন্দর তো।" শীলা বলল।

"এখন বলছেন সুন্দর। শহরের কোন কিছু এখানে পাবেন না। খাওয়া দাওয়ার আইটেম খুব খারাপ। খালার যা মন চায় তাই রাঁধে। অর্ডার করলেও কিছু পাবেন না কারণ আশে পাশে কোন খাওয়ার হোটেল নেই। ইলেক্ট্রিসিটিও থাকে না খুব একটা। রাতে শেয়াল তো ডাকেই আরো অনেক কিছু ডাকে। ইন্টারনেট নেই। মাঝরাতের পর একটু

নেটওয়ার্ক পাওয়া যায়। কালকেই দেখবেন ঢাকায় ফিরে যাওয়ার জন্য কান্নাকাটি করছেন।"

"ভয় দেখিয়ে তাড়ানোর চেষ্টা করছেন? থাকতেই তো এসেছি দুই দিন।" শীলা বলল।

একটা কমলা রঙের বিড়াল এসে শীলাকে চক্কর দিতে লাগল। "ওর নাম টুপুর," রায়হান হাসতে হাসতে বলল। "আপনাকে পর্যবেক্ষণ করছে। আমার ব্যাপারে ও ভীষণ হিংসুটে। সাবধানে থাকবেন। কাছাকাছি দেখলে খামচে দিতে পারে।"

নিচতলায় একটা রুম খুলে দিয়ে রায়হান বলল, "এটা আপনার রুম। দেখুন চলবে কিনা। বাথরুম ভাল। তবে পানি অনেক ঠান্ডা। গোসলের জন্য গরম পানি লাগলে খালাকে বললে গরম করে দেবে। তবে এই বেলায় এখন গোসল না করাই ভাল। পাহাড়ে খুব তাড়াতাড়ি সন্ধ্যা নামে। ঠান্ডা লেগে যেতে পারে। হাত মুখ ধুয়ে ফ্রেশ হয়ে নিন। আমি আপনার জন্য চা নাস্তার ব্যবস্থা করছি।"

খুবই সাধারণ একটা রুম। কাঠের মেঝে। একটা ডাবল বেড। লেপ ভাঁজ করে রাখা। মশারি ঝুলানো। নিশ্চয়ই অনেক মশা এখানে। ফ্যান-লাইট বাদ দিলে আর আছে শুধু একটা চেয়ার আর একটা আলনা। এটাচড বাথরুমটার চেহারা বরং ভাল। পাকা

ফ্লোর, হাই কমোড। বেসিন, শাওয়ার, আয়না যা যা দরকার সবই আছে।

শীলা ওর ব্যাগ খুলে সাবান, শ্যাম্পু, তোয়ালে বের করল। যে জার্নি করে এসেছে শুধু হাত মুখ ধুলে হবে না। ঠান্ডা লাগলে লাগুক, গোসল ওকে এখন করতেই হবে।

***

বাংলোর বাইরে আলাদা করে একটা দোতালা স্পেস আছে। নিচ তলায় খাবারের ব্যবস্থা। দোতালা থেকে আশে পাশের চা বাগান আর বন জঙ্গলের অনেকটা দেখা যায়। সন্ধ্যায় অবশ্য কিছুই দেখা যাচ্ছিল না। আশেপাশে কোথাও একটা ছড়ার মত আছে। পানি ভেসে যাওয়ার কুলকুল শব্দ। শীলা আর রায়হান গিয়ে দোতালায় বসল। এক কোনায় হ্যারিকেন রাখা। খালা ওদেরকে চা আর চানাচুর মাখা দিয়ে গিয়েছে। চারিদিক নিস্তব্ধ, শুধু পোকার আওয়াজ পাওয়া যাচ্ছে।

রুম থেকে বের হওয়ার সময় শীলা বুদ্ধি করে শাল নিয়ে বের হয়েছিল। শীতের মত ঠান্ডা না হলেও রাতে কুয়াশা পড়ে।

“আপনার তেপান্তরের মাঠ এখান থেকে কতদুর?” শীলা বলল।

“নির্ভর করে, আপনি কতদুর যেতে পারবেন।” রায়হান রহস্য করে বলল।

“আপনার কথাবার্তা সন্দেহজনক লাগছে। এরকম কোন মাঠ কি আসলেই আছে?”

“রিয়েলিটি একেকজনের কাছে একেক রকম। আমার রিয়েলিটিতে আছে। আপনার রিয়েলিটিতে আছে কিনা আমি জানি না।”

“আপনার কথায় এতদূর এসে ভুলই করলাম কি না!” শীলা হাসতে হাসতে বলল।

“অপরিচিত একজনের সাথে কয়েকদিনের আলাপে এতদূর চলে আসাটাকে যে কেউ ভুল ডিশিসনই বলবে। কিন্তু আপনি সেটাই করেছেন। আপনার কি একবারও মনে হল না ব্যাপারটা অনেক রিস্কি? এখানে ফোনের নেটওয়ার্কও নেই সবসময়। আপনার কিছু হলে কি হবে?”

“মনে হয়েছে। কিন্তু আপনাকে প্রথম দিন যখন দেখেছি তখনই আপনাকে আমি চিনেছি। আপনি এরকম নন। আপনি আলাদা। আমার দেখা সবচেয়ে আলাদা মানুষ। এমন না যে আমি মানুষ খুব ভাল চিনি। বরং আমাকে ঠকানো খুবই সহজ। কিন্তু আপনাকে... বলে বোঝাতে পারব না আমি কি অনুভব

করেছি। শুধু এই কারণে এতদূর ছুটে এসেছি। আপনাকে জানতে, আপনার কথা শুনতে।” শীলার কণ্ঠ প্রায় অনুনয়ের মত শোনাল।

“আমার কাহিনী আপনাকে কি পরিমাণ হতাশ করবে তা ভেবে ভয় পাচ্ছি। আমি খুবই সাধারণ। আমার মধ্যে কিছু নেই। একটা গর্ত ছাড়া। ব্ল্যাকহোলও বলতে পারেন।” হারিকেনের শিখার দিকে অপলক তাকিয়ে থেকে রায়হান বলল।

“সেটা যাই হোক, আমি জানতে চাই।” শীলা জোর করল।

“এতদূর যখন এসেছেন তখন এড়িয়ে যাওয়ার কোন উপায় নেই। বলব। তবে আজকের রাতটা আমাকে সময় দিন। আমি একটু গুছিয়ে নিই সবকিছু। কালকে আপনাকে সব বলব। আমাদের ডিলের অথা মনে আছে না? তেপান্তরের মাঠে বসে সব কথা হবে।”

“ঠিক আছে, সকালে উঠে আবার দেখব না তো আপনি বাক্স পেটরা সব বেঁধে নিয়ে ভেগে গেছেন?” শীলা চোখ সরু করে বলল।

রায়হান হা হা করে হাসল। হাসির শব্দে কয়েকটা বাদুড় উড়ে গেল। কমলা বিড়ালটা হারিকেনের ধারে ঘুমিয়ে পড়েছিল। সে মুখ তুলে

দেখল কি ব্যাপার, এত হাসির কি হল? অনেকদিন পর রায়হান এত জোরে হাসল।

***

শীলার ঘুম আসছিল না। অপরিচিত বিছানা বলে হয়ত। মশারির মধ্যে বোধহয় একটা মশা ঢুকেছে। গুনগুন শোনা যাচ্ছে কিন্তু মারার কোন উপায় নেই কারণ আলো নেই। ইলেক্ট্রিসিটি এখনো আসেনি। রুমের মধ্যে একটা হারিকেন টিমটিম করে জ্বলছে কিন্তু সেটা দিয়ে কাজ হবে না। মোবাইলের টর্চ জ্বালিয়ে মশা খোঁজার একটু চেষ্টা করে ব্যর্থ হল ও। ফোনেও চার্জ বেশি নেই। থাকলেও লাভ হত না। নেটওয়ার্কের যে অবস্থা তাতে ফেসবুক ইউটিউব কিছুই লোড হয় না।

এখানে এসে কি ও ভুলই করল? রায়হানের কথা ভাবল। কোন সন্দেহ নেই ওর প্রেমে পড়েছে শীলা। পাগলের মত ছুটে এসেছে তার জন্য এতদূর। আগেও কত বার প্রেমে পড়েছে ও। কিন্তু এরকম অনুভূতি ওর কখনো হয়নি। মাত্র একবারের দেখায় এতদূর চলে আসাটা অবশ্যই ঠিক হয়নি। মানুষটা যদি কোন সাইকোপ্যাথ বা রেপিস্ট হয়? ওর সেরকম মনে হয়নি কিন্তু মানুষের ভুল হতে কতক্ষণ? কেমন যেন একটা

ভয় ভয় আবার উত্তেজনার আনন্দ ঘিরে রেখেছে ওকে। এজন্যই কি ওর ঘুম আসছে না? হতে পারে।

রায়হানের একটা কষ্টকর অতীত আছে এটা জানার পর অজানা একটা কষ্ট এসে জমেছে শীলার ভেতর। যেন মানুষটার কষ্টটার একটা ছায়া কোন ফাঁকে ওর ভেতর দিয়ে এসে ঢুকে পড়েছে।

কি আছে শীলার মধ্যে? কেন সে শীলাকে বেছে নেবে? শীলার কি সেই ক্ষমতা আছে মানুষটার ভেতরের ক্ষত সারিয়ে তোলার? তাকে অসীম একাকীত্বের অন্ধকার গহবর থেকে টেনে বের করে আনার? যে শক্ত প্রাচীর মানুষটা নিজের চারপাশে গড়েছে তার ভেতরে প্রবেশ করার? না নেই। শীলা কি ওর নিজের কষ্টই সামাল দিতে পেরেছে? রবিনকে কি ও কখনো ক্ষমা করতে পারবে? রবিনের জায়গায় এত তাড়াতাড়ি রায়হানকে বসানো কি ওর পক্ষে সম্ভব?

এসব সাত পাঁচ ভাবতে ভাবতে শীলা কখন ঘুমিয়ে পড়ল বলতে পারবে না।

১০

বেল বাজতেই টুপুর দরজা খুলে দেখে বিশাল এক ফুলের তোড়া নিয়ে শেখর দাঁড়িয়ে আছে।

"ফুল কেন?" ও অবাক হয়ে প্রশ্ন করল।

"কি আজব, ডেটে আসব, ফুল আনব না?" শেখর মুচকি হেসে বলল।

"তাই বলে এত্ত ফুল? আমার তো একটা ফুলদানিও নেই এগুলো রাখার জন্য।" টুপুর ফুলগুলো নিতে নিতে বলল।

"আহ হা আগে জানলে ফুলদানি সহই আনতাম। আসলে গিফট কি আনব বুঝতে না পেরে শুধু ফুল এনেছি। সবচেয়ে সেফ উপহার।" শেখর বলল।

"ভাল করেছ, এসো ভেতরে। সরি, আমার অবস্থা কেরোসিন। অনেকদিন পোলাও টোলাও রান্না করি না বলে সবকিছু আউলিয়ে ফেলেছি। আর আজকেই বুয়া আসেনি। আমাকে দেখে যে বুয়া ভাবোনি সেজন্য ধন্যবাদ।"

"সুন্দর সুবাস ছেড়েছে। এত প্যারা কেন নিতে গেলে। বাইরে থেকে কিছু অর্ডার করলেই হত।

আমার কোন সাহায্য লাগলে বল।" শেখর শার্টের হাতা গুটাতে গুটাতে বলল।

"আরে না কাজ সব শেষ। তুমি একটু বস। আমি পোলাওটা নামিয়ে এক দৌড়ে একটু গোসলটা সেরে আসছি।" ফুলগুলো একটা কাঁচের জগে রেখে টুপুর বলল।

টুপুরের ফ্ল্যাটটা ছোট। দুই রুম। একটা ডাইনিং কাম কিচেন। আর একটা লিভিং রুম, যেটার তিন দেয়ালে তাক বানিয়ে প্রচুর বই রাখা। টুপুর যে বই পড়ে সেটা শেখর জানত। এরকম নেশা সেটা জানত না। তাহলে ও বইও আনত। অবশ্য বই পড়ুয়া মানুষকে আন্দাজে বই গিফট দিতে যাওয়া একটা সমস্যা। দেখা যাবে যেটা দিয়েছে সেটা ওর কাছে আগে থেকেই আছে।

ছোট ফ্ল্যাট একদম মিনিমালিস্ট ধরণের। অতিরিক্ত কিছু নেই। মেয়েদের তো ঘর সাজানোর শখ থাকে, টুপুরের মনে হয় সেটা নেই। যা দরকার নেই তা এখানে নেই। টিভিও নেই। হয়তো বেডরুমে আছে। কিন্তু একটা জিনিস খেয়াল করল শেখর। কোথাও আসিফের কোন ছবি নেই। ব্যাপারটা একটু কেমন জানি। যেই আসিফের জন্য টুপুরের এত অনুরাগ, তার কোন ছবি থাকবে না কেন? কে জানে হয়ত সেটাও বেডরুমে আছে।

টুপুর গোসল করে একটা হালকা হলুদ রঙের শাড়ি পরেছে। মাথার ভেজা চুলে এখনো তোয়ালে প্যাঁচানো। কোন মেকআপ নেই কিন্তু কি সুন্দর দেখাচ্ছে ওকে। তবে হালকা কোন পারফিউম দিয়েছে সম্ভবত।

"চল খেতে বসা যাক। আমার প্রচন্ড খিদে পেয়েছে।" টুপুর বলল, "আইটেম একদম কম। পোলাও, রোস্ট, আর মিক্সড সবজি। মাটন রেজালা করব ভেবেছিলাম সম্ভব হয়নি।"

"কোন সমস্যা নেই টুপুর, যা করেছ তাই অনেক। আমার এমনিতেও অল্প আইটেম পছন্দ। বেশি আইটেম হলে কোনটাই মজা করে খাওয়া যায় না। সবকিছু মজা হয়েছে।" শেখর বলল।

"থ্যাংকস। আমি আসলে লাস্ট কবে পোলাও, রোস্ট রান্না করেছি মনে নেই। হয়ত আসিফের সাথে থাকতে। এখন সপ্তাহে দুই দিন রান্না করে ফ্রিজে রেখে দেই। ভাতটা খালি রান্না করি। খাওয়া দাওয়া করতে হয় এটাই আমার জন্য প্যারা।" টুপুর বলল।

"আসিফ ভাইয়ের কথা বলায় মনে হল, তার কোন ছবি দেখলাম না কোথাও।" শেখর কথাটা বলে ঠিক করল কিনা বুঝল না।

টুপুর অবশ্য কিছু মনে করল না। "ছবি আছে, বেডরুমে। আমাদের বিয়ের পরের একটা ছবি বড়

করে বাঁধাই করে টাঙ্গানো আছে। অন্য ছবিগুলো প্রিন্ট করে অ্যালবাম করে রাখা। আলমারিতে তুলে রেখেছি।” একটু থেমে আবার বলল, “বাসা দেখে বুঝতেই পারছ আমি আসলে সাজিয়ে গুছিয়ে রাখা ধরণের মানুষ না। আসিফ যখন ছিল তখন তাও শখ করে এটা সেটা কিনতাম। এখন কিছুই করি না। দরকার হয় না। ইচ্ছাও হয় না।”

চুপচাপ ওরা খাওয়া শেষ করল। টুপুর মানা করলেও শেখর ওকে থালাবাসন ধুতে সাহায্য করল। দুটো প্লেট-গ্লাস আর তিনটা বাটি, এটা ধুতে আর কি লাগে?

সবকিছু গুছিয়ে ওরা বারান্দায় গিয়ে বসল। টুপুরের বেডরুমের সাথেই ছোট একটা বারান্দা আছে। ছোট হলেও পা ছড়িয়ে বসা যায়। শেখর সিগারেট ধরাল। টুপুরও একটা ধরাল। আকাশে মেঘ। দূরে কোথাও বিদ্যুৎ চমকাচ্ছে। সুন্দর বাতাস।

“কফি খাবে? নাকি আইসক্রিম খাবে?” টুপুর জিজ্ঞেস করল।

“কফি খাব। তবে এখন না। এখন এসো একটু রিলাক্স হয়ে কথা বলি।” শেখর বলল।

“ওরে বাবা, সিরিয়াস শোনাচ্ছে? কি কথা বল, শুনি।”

“তোমার ভবিষ্যৎ প্ল্যান কি?” শেখর বলল।

“কিসের প্ল্যান?”

“এই যে জীবন নিয়ে প্ল্যান। বয়স তো থেমে নেই। এভাবে একা থাকবে নাকি অন্য কোন প্ল্যান আছে? কাউকে ডেটও তো করছ না মনে হয়।”

“তুমি তো দেখি আমার মায়ের মত শুরু করলে। বিয়ে কর, বিয়ে কর করে মাথা খারাপ করে ফেলে।” টুপুর বলল।

কিছুক্ষণ চুপ থেকে টুপুর বলল, “আসলে কি জানো মাঝে মাঝে সবকিছু আবার নতুন করে শুরু করতে ইচ্ছা করে না যে তা নয়। ইচ্ছা করে। কিন্তু সাহস হয় না। আবার যদি সব হারাই? তাছাড়া এত বছর পর সবকিছু নতুন করে শুরু করার এনার্জিটাও নেই। যদি মনের মিল না হয়। আন্ডারস্ট্যান্ডিং না হয়? শান্তি খুঁজতে গিয়ে অশান্তি ডেকে আনতে চাই না। এই তো বেশ আছি, চলছে চলুক না।”

“তুমি চাও বা না চাও হারাতে সবাইকেই হয়। তোমার সাথে যা হয়েছে তা অবশ্যই দুঃখজনক। সরি বেশি পার্সোনাল দিকে চলে যাচ্ছি। কিন্তু কোথাও না কোথাও সবাইকে আবার নতুন করে শুরু করতে হবেই। এমন তো না তোমার হাত ধরার জন্য কেউ নেই।” শেখর বলল।

টুপুর অবাক হয়ে বলল, “কি বলতে চাইছ?”

শেখর বলল, "দেখ টুপুর, আমি তোমাকে পছন্দ করি। অনেকদিন থেকে পছন্দ করি। অসম্ভব পছন্দ করি। তোমাকে সেটা বলেছি। আমি তোমার হাত ধরে তোমার পাশে থাকতে চাই। তোমার সাথে বৃষ্টিতে ভিজতে চাই, ভিজে ভিজে টং দোকানে চা খেতে চাই। এই সাগর-পাহাড়, জোছনা, এই পৃথিবীর যা কিছু সুন্দর সবকিছু আমি তোমার সাথে দেখতে চাই। হ্যাংওভার মুভির তৃতীয় পর্ব তোমার সাথে বসে দেখতে চাই। টুপুর, আমি তোমাকে সুখী দেখতে চাই। তোমার সাথে অনেক কথা বলতে চাই। তোমাকে বলার জন্য অনেক কথা জমে আছে যা আর কাউকে বলা যাবে না।"

টুপুর চুপ করে ওর দিকে তাকিয়ে থাকল।

শেখর আবার বলল, "আমি জানি তুমি কেমন, আমি জানি আসিফ ভাই তোমার জীবনে কতটা গুরুত্বপূর্ণ। আমি এসব কিছুর সাথে মানিয়ে নিতে পারব। তোমাকে কোথাও বদলে যেতে হবে না, শুধু আমাকে বিশ্বাস করে আমার হাতটা ধরতে হবে। আমি সব ঠিক করে নেব। তুমি কি জানো আমি তোমাকে কতটা ভালবাসি?"

শেষ কথাটা শুনে টুপুরের গায়ে কাঁটা দিয়ে উঠল। ও বলল, "শেখর, আমার মনে হয় তুমি আমাকে নিয়ে একটু বেশি আশা করে ফেলছ। আমাকে তুমি যা ভাবছ আমি তা নই। প্লিজ কিছু মনে

করো না। তুমি এখন যাও। আমি একটু একা থাকতে চাই।”

শেখর উঠে এসে টুপুরের মুখটা ধরে কপালে একটা চুমু খেল। টুপুর চোখ বন্ধ করে থাকল। ওর মনে হল ভূমিকম্প হচ্ছে। পুরো বাড়ি কাঁপছে, ওর পায়ের নিচে মাটি নেই। ও পড়ে যাচ্ছে অন্ধকার, গভীর কোন অতলে।

এভাবে কতক্ষণ টুপুর ঘোরের ভেতর ছিল বলতে পারবে না। বারান্দার বাইরে থেকে বৃষ্টির ছিটা আসাতে ওর হুঁশ এলো। চোখ খুলে দেখল শেখর নেই। কখন চলে গেছে কে জানে।

টুপুরের মনে হল অনেকদিনের জমে থাকা কান্না, ক্ষোভ, অভিমান সব ছিটকে বেরিয়ে আসতে চাইছে।

বাইরের বৃষ্টির সাথে পাল্লা দিয়ে কাঁদল ও।

১১

পাখির কিচির মিচিরে শীলার ঘুম ভাঙল। শহরে বড় হয়েছে ও। এরকম কিচির মিচির আগে কখনো শোনেনি। সকাল সাতটা বাজে। ঠান্ডা পানিতে হাতমুখ ধুয়ে শালটা জড়িয়ে দরজা খুলে বারান্দায় এসে দাঁড়ালো ও। এখনো হালকা কুয়াশা ঝুলে আছে চারপাশে। সূর্য এখনো পাহাড় পেরিয়ে ওগুলোকে কাবু করতে পারেনি।

ডাইনিং এর বিল্ডিং এর ছাদে রায়হানকে দেখা গেল। কোলে কমলা বিড়ালটা।

"ঘুম কেমন হল?" রায়হান জানতে চাইল।

"ঘুম আসতে দেরি হয়েছে কিন্তু ভাল ঘুম হয়েছে। অনেক স্বপ্ন-টপ্নও দেখেছি মনে হয়।" শীলা বলল।

"সব ক্রেডিট এখানের বাতাসের। এত পরিষ্কার বাতাস ঢাকায় কোথায় পাবেন বলুন? ঢাকায় তো আমার ঘুমের ওষুধ ছাড়া রাতে ঘুমই আসত না। এখানে কিছুই লাগে না। মরার মত ঘুমাই।"

"তাও ঠিক। বাতাসের জন্যই কিনা, খিদেও লেগেছে মারাত্মক।" শীলা হাসতে হাসতে বলল।

রায়হান চেঁচিয়ে খালাকে নাস্তা দিতে বলল।

"নাস্তা খেয়ে চলুন আপনাকে একটু আশপাশ দেখিয়ে আনি। লাউয়াছড়া এখান থেকে বেশ কাছে। চাইলে ট্রেকিং করতে যেতে পারেন। বানর, সাপ, ভাল্লুক দেখার যদি ইচ্ছা থাকে। মাধবপুর লেকও সুন্দর জায়গা।" রায়হান বলল।

"আপনি সাথে থাকলে আমি যে কোন জায়গায় যেতে রাজি।" শীলা বলল।

"তাহলে চলুন আপনাকে আমি আমার সবচেয়ে প্রিয় জায়গাটা দেখিয়ে আনি।"

"সেটা কোন জায়গা?" শীলা জানতে চাইল?

"যেটা দেখার জন্য আপনি এতদূর এসেছেন। সেই তেপান্তরের মাঠ। যেখানে পৃথিবীর শেষ। যার পরে আর কিছু নেই।" রায়হান রহস্য করে বলল।

"পৃথিবীর শেষ? আপনি কি ফ্ল্যাট আর্থে বিশ্বাস করেন নাকি?" শীলা চোখ সরু করে প্রশ্নটা করল।

"আরে এটা একটা রুপক। আমার জন্য এটা পৃথিবীরই শেষ প্রান্ত। আপনি গেলে আপনিও বুঝবেন।"

১২

প্রিয় আসিফ,

এমন একটা শহরে থাকি যেখানে তুমি থেকেও নেই। কি যে ঘন কুয়াশার মত একটা ব্যথা বুকে নিয়ে আমি ঘুরে বেড়াই তা যদি জানতে! যে রাস্তায় তোমার হাত ধরে হেঁটেছি সে রাস্তায় আজকে হাঁটতে কষ্ট লাগে। যে রেস্টুরেন্টে দুজনে একান্তে সময় কাটিয়েছি সেগুলো এখন এড়িয়ে যাই। কোন প্রোগ্রামে যাই না তোমার কথা জানতে চাইবে বলে। আগে যেখানে সারাদিন মেসেজ দিতে এখন সেখানে শূন্যতা। দেরি হলে 'মিসিং ইউ' লিখে পাঠায় না কেউ। আগে যেখানে ভিডিও কল দিতে সেখানে এখন নীরবতা। এখন আর রিলস শেয়ার করার জন্য কেউ নেই। ইন্সটাগ্রাম ভর্তি রোমান্টিক পোস্ট, তোমাকে ট্যাগ করতে পারি না। বোগেনভিলার ছবি পাঠানোর জন্য কেউ নেই। সুন্দর কোন জায়গা দেখলে ছবি তুলে দেয়ার কেউ নেই।

তুমি নেই তাই এখন হোয়াটসআপে লোকেশন শেয়ার দেয়া হয় না। বইমেলায় যাই না, ভিড়ের মধ্যে কে আমার খেয়াল রাখবে? কে আমাকে হুমায়ূন আহমেদের বাকি বইগুলো খুঁজে খুঁজে কিনে দেবে?

রিকশায় আমাকে ধরে বসার কেউ নেই। আমার দিকে চোরা চোখে অপলক তাকিয়ে থাকার কেউ নেই। হঠাৎ করে জড়িয়ে ধরার কেউ নেই। 'তুমি কি জানো আমি তোমাকে ভালবাসি?' বলতে পারি না কাউকে আর।

কি করে সবকিছু এত অচেনা হয়ে গেল? জানো? তোমার মত কাউকে দেখলে মনে হয় যেন তুমিই! এই ভয়ে বাসা থেকে বের হতে চাই না। ভালবাসতে চেয়েছিলাম, একদিন তা ভয়ে পরিণত হোক এমনটা চাইনি। টুপ করে কপালে চুমু দিতে চেয়েছিলাম, গলায় কান্না আটকে কথা বন্ধ হয়ে যাক তা চাইনি। সকালে এখন আর কেউ গুডমর্নিং চুমু দেয় না আমাকে। আমি বড্ড একা।

অন্ধকার রুমে ভেঙে চুরে গুটিসুটি মেরে অতীতের কথা ভাবি। স্মৃতিগুলো মনে হয় অন্য কারো কল্পনা। এ জীবন আমার আর ভাল লাগছে না আসিফ। আমি যেন আমার মধ্যে নেই।

আমার মধ্যে তুমি থেকেও নেই।

কেন এমন হল?

ইতি

তোমার সে

১৩

প্রিয় টুপুর,

আমি জানি না, কিভাবে ক্ষমা চাওয়া উচিৎ। আমি আদৌ কোন ক্ষমা পাওয়ার যোগ্য কিনা। তোমাকে আমি ঐদিনের পর অসংখ্যবার ফোন দিতে চেয়েছি, কিন্তু সাহস করে উঠতে পারিনি। তাই এই ইমেইলটা লিখছি। জানি না তুমি কিভাবে নেবে।

আমি তোমার মনে দুঃখ দিয়ে থাকলে সেজন্য মন থেকে দুঃখিত। বিশ্বাস কর, আমি বরং সবসময় তোমার দুঃখ-কষ্টের ভাগিদার হতে চেয়েছি। আমি জানি আমি কতটুকু কি পারব আর কি পারব না। আমি জানি আমি আসিফ ভাইয়ের জায়গা কখনো নিতে পারব না। সেটা আমি চেষ্টাও করব না, কিন্তু আমাকে নিয়ে তুমি কোন অভিযোগ করার কোন সুযোগও পাবে না। আমি যার জন্য কেয়ারিং তার জন্য আমি সবকিছু দিয়ে চেষ্টা করি।

আমি অনেক বছর ধরে তোমাকে চাইছি। দরকার হলে আরো অনেক বছর তোমার জন্য অপেক্ষা করব। আমার কোন তাড়া নেই। শুধু যেদিন তোমার মনে হবে আমাকে তোমার পাশে দরকার, স্রেফ একটা

কল দিও। কল দিতে না পারলে একটা মেসেজ দিও। আই উইল বি দেয়ার।

ভাল থেকো। নিজের যত্ন নিও।

ইতি

শেখর

১৪

চান্দের গাড়ি, টমটম, তারপর আবার পায়ে হেঁটে তেপান্তরের মাঠে পৌঁছাতে পৌঁছাতে প্রায় বিকেল হয়ে গেল। শীলা অবশ্য একটুও ক্লান্ত বোধ করল না। একে তো আবহাওয়া সুন্দর, তারপর আবার যেদিক দিয়ে এসেছে তার সবকিছুই সুন্দর। এমন টাটকা সবুজ চোখে আরাম দেয়। এই পাহাড়, এই বিশাল বিশাল গাছের জঙ্গল এই চায়ের বাগান, তার মাঝ দিয়ে কখনো পাকা রাস্তা কখনো ইটের রাস্তা চলে গিয়েছে। রাস্তার পাশ দিয়ে কখনো কখনো রুপালি চিকচিকে পানির ছড়া। তারচেয়ে বড় কথা সাথে রায়হান আছে। মানুষটার সঙ্গ শীলার খুব ভাল লাগছে। রায়হানকে দেখে যতটা গম্ভীর মনে হয় আসলে ততটা না। সুন্দর করে কথা বলে বেশ জমাতে পারে।

তেপান্তরের মাঠ শুনে শীলা যে জায়গাটা মনে মনে কল্পনা করেছিল, মাঠটা অনেকটা তেমনি। শুধু অনেক বেশি সুন্দর। যেন মিয়াজাকির মুভি থেকে তুলে আনা কোন দৃশ্য। যতদূর চোখ যায় সবুজ ঘাস। কিন্তু ঘাসের চেয়ে বেশি চোখে পড়ে মেঘ। শেষ বিকেলের আলো পড়ে ভারী মেঘগুলো বিচিত্র সব রং ধারণ করেছে। এক সাথে এত রঙের মেঘ শীলা আগে কখনো দেখেনি। গম্ভীর মুখ করে ওগুলো ধীরে ধীরে

এগিয়ে যাচ্ছে, যেন কোন ধর্মীয় তীর্থ যাত্রার কথা মনে করিয়ে দেয়।

বেশ অনেকক্ষণ ওরা চুপচাপ মাঠে বসে থাকল। ঘাসগুলো হালকা বাতাসে দুলছিল। মনে হচ্ছিল কিছু একটা বলতে চাইছে। শুধু ভাষাটা জানা নেই বলে ওরা ধরতে পারল না।

"শুরু করুন," শীলা মেঘ থেকে চোখ না সরিয়েই বলল। যেন পলক ফেললেই কিছু একটা মিস করে ফেলবে।

"জীবনে আমি প্রেমে পড়েছি তিনবার। সবকিছু তো বিষদভাবে বলা সম্ভব নয়। যতটুকু না বললেই নয় ততটুকু বলি। শেষ সম্পর্কটা নিয়েই বেশি কথা বলব।" রায়হান একটু থেমে চিন্তা করল।

"আমি প্রথম প্রেমে পড়ি বেশ পরিণত বয়সে। এর আগে ভাল লাগা ছিল কিন্তু সেগুলো নিয়ে কিছু ভাবিনি। ভার্সিটি থেকে মাত্র বের হয়েছি তখন। ছোটখাট একটা চাকরি করছি। একটা বিষণ্ন চেহারার মেয়ের প্রেমে পড়েছিলাম। তার গাঢ় ধারালো চোখের প্রেমে পড়েছিলাম। মেয়েটার পরিবারে সমস্যা ছিল। ওর মা ছিলেন অসুস্থ। বড় বোন আর ও মিলে কষ্ট করে সংসার চালাত। মেয়েটার মানসিক শক্তি আর হেরে না যাওয়ার চেষ্টাটা আমাকে মুগ্ধ করে। তাকে ভালবেসে ফেলি। যে কারনেই হোক সেও আমার

আহবানে সাড়া দেয়। আমরা একসাথে তিন বছর ছিলাম। সেই তিন বছর ছিল তখন পর্যন্ত আমার জীবনের সবচেয়ে সুখের মুহূর্ত। আমি আবিষ্কার করলাম, সুখ জিনিসটা যে আসলে কি তা আমি আগে কখনো পুরোপুরি বুঝতে পারিনি। আমাদের সম্পর্কের বয়স যেদিন ঠিক তিন বছর, অর্থাৎ অ্যানিভারসারির দিন বাসায় ফেরার সময় ও ছিনতাইকারীর কবলে পড়ে। ধারালো অস্ত্র দিয়ে ওর শরীরের বিভিন্ন অংশে কোপ দিয়ে ব্যাগ, মোবাইল ছিনিয়ে নিয়ে যায়। লোকজন ওকে কাছের হাসপাতালে নিয়ে যায়। হাসপাতালে নেয়ার পর ওকে মৃত ঘোষণা করা হয়। আমি জানতে পারি একদিন পর। ততক্ষণে ওর দাফন হয়ে গিয়েছিল। আমি ওকে শেষবারের মত দেখতেও পাইনি। ” রায়হান একটু থামল। শীলা ওর কাঁধে একটা হাত রাখল। টের পেল রায়হানের শরীরটা কাঁপছে।

“আমাদের সম্পর্ক ছিল তিন বছরের। আমার মুভ অন করতে লেগেছে ছয় বছরের বেশি। আমি আসলে মুভ অন করতেই চাইনি। ওর স্মৃতি মাথায় রেখে শেষ পর্যন্ত বাঁচতে চেয়েছি। আমি আসলে প্রচন্ড ভেঙে পড়েছিলাম। কোন কাজ করতে পারতাম না। খেতে পারতাম না, কারো সাথে দেখা করতে পারতাম না। কোন প্রোগ্রামে যেতাম না। এভাবে অনেকগুলো বছর চলে গেল। তারপরে একদিন মনে হল এই একাকীত্ব আর সহ্য

হচ্ছে না। জীবনে কাউকে দরকার। বন্ধু-বান্ধব সবাই বিয়ে করে সেটেল হয়ে গেছে। কারো সময় নেই আমার জন্য। কারো সাথে দেখা করতে চাইলে এক সপ্তাহ আগে

সময় নেয়া লাগে। এভাবে হচ্ছে না। তখন আমি আমার দুই-একজনের সাথে ডেট করার চেষ্টা করলাম। তাদের তরফ থেকে চেষ্টার কমতি ছিল না। কিন্তু যাকে বলে ব্যাটে বলে হয়নি। আমার প্রথম প্রেমিকা আমার মধ্যে এমন একটা স্ট্যান্ডার্ড তৈরি করে রেখে গিয়েছিল যেটা আসলে কেউ ছুঁতে পারছিল না। আন্ডারস্ট্যান্ডিং তো পরের কথা, কারো ফিলোসফি, সাপোর্ট, কেয়ারিং কোনটাই আমার মন মত হচ্ছিল না। শুনতে খারাপ লাগবে কিন্তু আমি সবাইকেই ওর সাথে কম্পেয়ার করতাম। ফলে কোন ডেটই একদিন-দুই দিনের বেশি এগুতো না।”

“যখন আমি একদম হাল ছেড়ে দিয়েছি, ভেবেছি যে মনের মত কাউকে কখনো পাব না তখন বিনা মেঘে বজ্রপাতে একজনের প্রেমে পড়ে গেলাম। কোন এক বই বিষয়ক অনুষ্ঠানে তার সাথে দেখা। সে আমার ফেসবুকে ছিল অনেকদিন ধরে কিন্তু কখনো কথা হয়নি। ঐদিন হাই হ্যালোর পর টুকটাক কথা বলা শুরু করলাম, তাকে ভাল লাগছিল। সেও প্রশ্রয় দিচ্ছিল। এই মেয়েরও পরিবারে সমস্যা। তার বাবা-মা নেই। ভাই-বোনদের সাথে বনিবনা হয় না। তার

যে প্রেমিক ছিল সে তার সাথে চিট করেছে। এরপর সে ঐ ছেলেকে না পারছে সহ্য করতে না পারছে ভুলতে। আমাকে সে ব্যবহার করেছে একটা টাইম পাস হিসেবে। আমি তার যতই টেক কেয়ার করি না কেন, তাকে যতই সাপোর্ট দিতে চাই না কেন তার সেই চিট বাটপারকেই লাগবে। একটা টক্সিক সম্পর্ক ছেড়ে একটা সাধারণ সম্পর্ক মেনে নিতে সে কিছুতেই ইচ্ছুক না। আমি কিভাবে বোকার মত তার প্রেমে পড়ে গিয়েছিলাম জানি না। তার অসহায়ত্ব হয়ত আমাকে আকর্ষণ করেছিল। তাকে প্রচণ্ডভাবে চেয়েছিলাম। খুব বাজে ভাবে সম্পর্কটা শেষ হয়। মজার ব্যাপার কি জানেন, যেই ছেলেকে সে ভুলতে পারছে না বলে অজুহাত দিয়েছিল পরে দেখি তাকে বাদ দিয়ে ও ঠিকই টুপ করে একজনকে বিয়ে করে ফেলেছে। ফেসবুক ভর্তি বিয়ের হাসিখুশি ছবি। আমি ওকে কোন প্রশ্ন করিনি। বলাবাহুল্য আমি আবার ভেঙে পড়ি। এবার আমাকে প্রফেশনাল হেল্প নিতে হয়। খুব বাজে সময় ছিল সেটা।"

রায়হান জোরে একটা নিঃশ্বাস নিল।

শীলা বলল, "আপনি ঠিক আছেন? কষ্ট হলে বলার দরকার নেই।"

রায়হান মাথা নাড়ল। "না কিন্তু শুরু যখন করেছি সব আপনাকে বলে শেষ করতে চাই। সময় বেশি

নেই। সন্ধ্যা নামার আগে এখান থেকে বের হতে হবে।”

ব্যাগ থেকে বোতল বের করে দুই ঢোক পানি খেলো রায়হান। আকাশ তখন অপূর্ব লাল-কমলা রং ধারণ করেছে। পাখিরা দল বেঁধে নীড়ে ফিরে যাচ্ছে।

“এই ঘটনার বছর দুয়েক পর। আমি তখন বেশ সুস্থ। বিষণ্নতার জন্য আমাকে ওষুধ খেতে হচ্ছে না তবু রাতে ঘুমের ওষুধ না খেলে ঘুম হয় না। আর ঘুম না হলে পুরনো সব স্মৃতি এসে তাড়া করে। আমার দুটো বই ততদিনে বেরিয়ে গেছে। রেসপন্স খুব খারাপ। তাও দুই-একজন মাঝে মাঝে মেসেজ দিয়ে তাদের মতামত জানায়। আমার পরিচিত এক লেখকের প্রেমিকা এর মধ্যে হঠাৎ আমাকে প্রচুর মেসেজ পাঠাতে শুরু করল। ধরে নেয়া যাক মেয়েটির নাম সিমিন। লেখক কোন কারণে তখন দেশের বাইরে। মেয়েটার মেসেজের ভাবগতি আমার সুবিধার লাগছিল না। সে আমার সাথে দেখা করতে চায়। চা খেতে চায়। আমার সাথে সিনেমা দেখতে যেতে চায়। বই নিয়ে আলাপ করতে চায়। আমি তাকে জিজ্ঞেস করি লেখক বন্ধুটির কথা। সে বলে ওদের ব্রেকাপ হয়ে গেছে। লেখক বন্ধুটি নাকি সিমিনের সাথে সম্পর্কে থাকার পরেও খালি তার এক্স নিয়ে কথা বলে, তাকে নিয়ে ইমোসোনাল স্ট্যাটাস দেয়, অন্য মেয়েদের সাথেও তার সম্পর্ক আছে, এসব নিয়ে ঝামেলা থেকে

ব্রেকাপ। আমি আর কথা বাড়াই না। সিমিনকে পাত্তাও দেই না।

কিন্তু সে বিভিন্ন উসিলায় আমার সাথে কথা বলার চেষ্টা করে। এক সময় আমাদের মধ্যে নিজেদের আগের সম্পর্কগুলো নিয়ে কথা হয়। সে আমার টেক কেয়ার করা শুরু করে। তার অ্যাটেনশন আমার ভাল লাগে। তখনও কিন্তু আমাদের দেখা হয়নি। এমনকি ফোনেও কথা হয়নি। শুধু চ্যাটে কথা হত বা ভয়েস মেসেজে কথা হত। আমি এতটাই দূরত্ব বজায় রেখেছিলাম। এভাবে চার-পাঁচ মাস চলে গেল। একটা সময়ে আমি আবিষ্কার করলাম আমার যা যা দরকার ছিল সবই সিমিন আমাকে দিচ্ছে তারপরেও আমি কেন তাকে দূরে ঠেলে রাখছি? একজন আমার সাথে অন্যায় করেছে বলে আরেকজনকে অবজ্ঞা করাটা কি ঠিক?

তারপর সিমিনের সাথে আমার দেখা হয়। আমরা ক্যাজুয়ালি ডেট করা শুরু করি। আমি ওকে জানাই যে একটা কমিটমেন্টের আগে আমার সময় প্রয়োজন। আমাকে জানতে হবে আমি তোমাকে বিশ্বাস করতে পারব, তোমার উপর নির্ভর করতে পারব। সিমিন সেটা মেনে নেয়। বিশ্বাস করবেন না শীলা, আমার প্রথম প্রেমিকার সেই স্ট্যান্ডার্ড ও এক মাসেই গুঁড়িয়ে দেয়। ও আমার এত ভাল টেক কেয়ার করেছে, আমাকে এতটা ভালবাসা দিয়েছে, যে আমি

পুরাতন সব কষ্ট ভুলে গেলাম। প্রতিটা দিন আমার মনে হত ঈদ। রাতের বেলা ঘুমাতে যাওয়ার সময় জানতাম পৃথিবীতে একজন মানুষ আমার জন্য আছে। সকালে ঘুম থেকে উঠে তার কথা সবার আগে মনে পড়ত। মোবাইল চেক করে তার গুড মর্নিং মেসেজ পেতাম। যেই সুখটা আমি আমার প্রথম প্রেমিকার মধ্যে পেয়েছিলাম, যেই সুখটা আমি সবসময় চেয়ে এসেছি, সেটা সিমিন আমাকে উজাড় করে দিয়েছে। নিজেকে আমার মনে হত হ্যাঁ আমি একজন মানুষ। এই পৃথিবীতে আমার বাঁচার একটা কারণ আছে।

একটা বছর ডেট করার পর আমরা বিয়ের সিদ্ধান্ত নিলাম। ওর বাসায় সমস্যা ছিল। তাই বিয়েটা গোপনে করি আমরা। খুব বেশি মানুষ জানত না। ও ওর বাসায় থাকত, আমি আমার বাসায়। কিন্তু প্রতিদিন আমরা দেখা করতাম।

আমরা একসাথে প্রচুর জায়গায় ঘুরেছি। ঢাকার সব রেস্টুরেন্টে সময় কাটিয়েছি। একজন আরেকজনকে প্রচুর সময় দিয়েছি। একে অপরের চোখের দিকে তাকিয়ে থেকে ঘন্টার পর ঘন্টা পার করেছি। মনে হয়েছে ওকে যদি অনন্ত কাল বুকে জড়িয়ে ধরে রাখতে পারি তাও আঁশ মিটবে না। এক সেকেন্ড ওকে দেখার জন্য ঢাকার এই মাথা থেকে ঐ মাথা গিয়েছি। শহরে সব ফুলের দোকান থেকে ফুল

কিনেছি। হাজার হাজার পাতা চিঠি লিখেছি। কারণ ও ছিল আমার কাছে সবচেয়ে স্পেশাল মানুষ। সাত বিলিয়ন মানুষের মধ্যে একমাত্র মানুষ যে কিনা আমাকে ভালবাসে, আমিও তাকে ভালবাসি। আমি ওর কাছে যা চেয়েছি তাই পেয়েছি। আর সেই সাথে নিজের ভেতর যা ছিল সব উজাড় করে দিয়েছি। সময় গুলো মনে হয়েছে চোখের পলকে পার হয়ে যাচ্ছিল।"

রায়হান একটু থামল। শীলা বলল, "তারপর কি হল?"

"তারপর একদিন জানতে পারলাম ওর লেখক এক্স ঢাকায় এসেছে, এবং ও তার সাথে গোপনে দেখা করেছে, একসাথে রাতও কাটিয়েছে। যেদিন তার সাথে রাত কাটিয়েছে তার পরদিন ও সিমিন আমার চোখে চোখ রেখে আমাকে বলেছে আমাকে সে কত ভালবাসে। আমার সাথে সে কত সুখী। ভাবতে পারেন?"

"আপনি কিভাবে ধরতে পারলেন?" শীলা জানতে চাইল।

"আমি তো রাতে ওকে গুড নাইট মেসেজ দিয়ে ঘুমাই। এক রাতে ও মেসেজ না দিয়ে ঘুমিয়ে গেছে। আমি ভেবেছি হয়ত কাজের পর টায়ার্ড তাই ঘুমিয়ে গেছে। আমি আমার মত মেসেজ দিয়েছি। পরদিন ওর এক্স, আমার লেখক বন্ধুটি দেখি আমাকে বিশাল

মেসেজ পাঠিয়েছে। আমি কোন সাহসে ওর গার্লফ্রেন্ডের দিকে হাত বাড়িয়েছি। ও যখন সিমিনকে নিয়ে শুয়ে ছিল তখন মেসেজগুলো আসে। ও হয়ত দেখে ফেলে। সিমিনকে ধরে বসে। সিমিন আমার কথা মনে হয় স্বীকার করেনি। হয়ত বলেছে আমি শুধু ইন্টারেস্ট দেখাই। ও পাত্তা দেয়নি আমাকে। বা এরকম কিছু। সোজা কথা আমাদের যে একটা সম্পর্ক ছিল এক বছরের, এরপর আমরা যে বিয়ে করেছি, সেটা ঐ ছেলে জানত না। যে কারণে ঐ ছেলে ক্ষেপে আমাকে অনেক আজেবাজে কথা বলে। আমি সেগুলোর কোন রিপ্লাই দেইনি। আমি সরাসরি সিমিনের সাথে কথা বলি। ও বলে যে আসলে ওর এক্সের সাথে ওর কখনো ব্রেকাপের কথা হয়নি। ওদের মধ্যে স্রেফ যোগাযোগ ছিল না অনেকদিন।

আমি বললাম তাহলে আমার সাথে সম্পর্কটা কি? তুমি কি আমাকে চাও নাকি তাকে চাও? সে কোন উত্তর দেয় না। আমি বললাম, তুমি আমার সাথে চিট করেছ। একটা কমিটমেন্টের মধ্যে থেকে তুমি এই কাজ কিভাবে করলে? তুমি আমাকে হাজার বার বলেছ আমাকে ভালবাসো। এখন কেন বলছ না তুমি আমাকে চাও? তাকে আমার কথা বলে দাও? আমাদের বিয়ের কথা বল? সে তো এমনিতেও কয়দিন পর আবার বিদেশ চলে যাবে। ও কিছু বলে না। আমি বললাম, তুমি আসলে কি চাও। কেন করেছ তুমি এরকম আমার সাথে? এই যে এত এত

ভালবাসা, এত এত মুহূর্ত একসাথে, এসবই কি মিথ্যা ছিল? অভিনয় ছিল? আমি তো তোমাকে বলিনি আমাকে ভালবাসো। তুমি এসে আমার ভাঙা টুকরোগুলো জোড়া দিয়েছ। আবার এখন কেন আমাকে এভাবে ভেঙে ফেললে? আমার অপরাধটা কি ছিল? সে কিছু বলল না। বিশ্বাস করুন শীলা, আমি না এই সিমিনের সাথে আমার সিমিনকে মেলাতে পারছিলাম না। আমাদের এত এত মধুর মুহূর্ত, সে সব ভুলে গিয়েছে। তার টক্সিক এক্সকে সে বেছে নিয়েছে আমার বদলে! আমি বিশ্বাস করতে পারছিলাম না যা হচ্ছিল আমার সাথে। মনে হল মাথার ভেতর যেন একটা বিস্ফোরন হল। আমার ভেতর যে অনুভূতিগুলো ছিল সব চিরতরে হারিয়ে গেল। আমি স্রেফ একটা খালি খোলস হিসেবে পড়ে থাকলাম।”

শীলা বলল, “আপনার লেখক বন্ধুটিকে কিছু জানাননি? বিয়ের ডকুমেন্টস দেখাতে পারতেন।”

“দেখাতে তো অনেক কিছুই পারতাম। কিন্তু কি লাভ তাতে? যা মানুষটাকে হারিয়েছি তাকে তো আর ফেরত পাব না। আমার কাছে সিমিনের মূল্য ছিল অমূল্য। ঐ লোকের কাছে সিমিন শুধুই আরেকজন শয্যাসঙ্গী। হাজারটা মেয়ের সাথে ওর সম্পর্ক ছিল আছে। এগুলো নিয়ে সে প্রকাশ্যেই বড়াই করে স্ট্যাটাস দেয়। কিন্তু সিমিনের এই লোককেই লাগবে। আমি যে এতদিন এত এফোর্ট দিয়েছি, যার জন্য সে

এত কৃতজ্ঞ ছিল, তার সব কিছু সে ভুলে গিয়েছে। আমার কোন মূল্য নেই আর তার কাছে। যেখানে আমার মূল্য নেই, সেখানে আমি থেকে কি করব। কিভাবে থাকব? একটা সম্পর্কে দুই দিক থেকে চেষ্টা করতে হয়। আমি আমার দিক থেকে শেষ বিন্দু পর্যন্ত ওকে সুযোগ দিয়েছি। ও কোন চেষ্টাই করেনি। ও যে চিট করেছে, আমার জীবন ধ্বংস করে দিয়েছে সেটা নিয়ে ওর মধ্যে কোন অপরাধবোধ পর্যন্ত ছিল না। তারপরেও আমি আমার মায়া কাটাতে পারিনি জানেন? আমি জানি না ওর এখনের প্রেমিক ওকে ঠিক সময় মত ওষুধ খাওয়ার কথা মনে করিয়ে দেয় কিনা। রাত হলে ওকে বাড়ি পর্যন্ত এগিয়ে দেয় কিনা। ভাবতে অবাক লাগে যে এক সময় 'তুমি না থাকলে আমার কি হত বল তো?' বলা মানুষটার আজকে আমাকে ছাড়া দিব্যি চলে যাচ্ছে। একই পৃথিবীতেই আমরা বাস করছি, একই শহরে রয়েছি অথচ একজনের জীবনে আরেকজনের অস্তিত্ব নেই। জীবনটা এমন অদ্ভুত কেন বলতে পারেন?"

শীলা বলল, "আমি সরি। এরপর কি হল?"

রায়হান বলল, "এরপর আর কি, আমি স্রেফ হারিয়ে গেছি। কাউকে কিছু বলিনি। কোন প্রতিবাদ করিনি। স্রেফ নাই হয়ে গেছি। আমার পক্ষে কাউকে বিশ্বাস করা সম্ভব না আর। কাউকে ভালবাসা সম্ভব না। চাইলেও আমি পারব না আর। একজন মানুষ

কতবার ভাঙতে পারে? যে সুখটা আমি শুধু চেয়েছিলাম সেটা হাতের কাছে এসেও সাড়া জীবনের জন্য অধরা রয়ে গেল।

Promises turned into silence, brittle and frail.

Betrayal's sharp sting, a sad love tale.

আপনি ভাবতে পারেন? কতটা অন্যায় করা হয়েছে আমার সাথে। যারা করেছে তারা সুখে আছে। অথচ নরক যন্ত্রণা ভোগ করছি একা আমি। একটা মানুষের সাথে আমি টানা এক বছর প্রায় প্রতিদিন দেখা করেছি। প্রায় একটা সংসার করেছি। একসাথে সময় কাটিয়েছি। প্রতি ঘন্টায় মেসেজে কথা বলেছি, ফোনে কথা বলেছি। ফেসবুক, ইন্সটাগ্রামের পোস্ট ইনবক্সে শেয়ার করেছি। এক সাথে এক প্লেটে খেয়েছি। ঘুম থেকে উঠেছি, ঘুমাতে গিয়েছি তাকে নিয়ে। ঘুমের ভেতর গায়ে চাদর টেনে দিয়েছি। কপালে চুমু খেয়েছি। বন্ধুদের সাথে দেখা করতে গিয়েছি তাকে নিয়ে। সিনেমা হোক, বইমেলা হোক, কন্সার্ট হোক, সবখানে তার সাথে গিয়েছি। যতটা সময় ওর সাথে থেকেছি, ওর স্পর্শ যেন আমার সাথে লেগে

থাকে সেটা খেয়াল রেখেছি। আমার জীবনে সে ছাড়া কোন সত্য ছিল না। তারপর একদিন দেখি সেই সত্য আর আমার সাথে নেই। ইনবক্সে কোন মেসেজ নেই, কোন ফোন নেই, ঘুম থেকে উঠে দেখি পাশে সে নেই, দুনিয়া জুড়ে এক বিশাল শূন্যতা। অভ্যাসের বসে ফোন হাতে নিয়ে বসে থাকি। কোথাও যাওয়ার নেই। খাওয়ার রুচি নেই। ঘুমের ওষুধ ছাড়া ঘুমাতে পারতাম না। জানেন, কড়া পাওয়ারের ঘুমের ওষুধের পরেও আমি ওকে স্বপ্নে দেখতাম। এই বুঝি হাত বাড়ালেই ওকে ছোঁয়া যাবে। কিন্তু যায় না। মাঝরাতে হাউমাউ করে কাঁদতাম। খুব খারাপ একটা সময় গেছে।

একসময় আমি সবাইকেই মাফ করে দিয়েছি। মাফ করতে পারিনি শুধু নিজেকে। আমি কেন তাদের মত হতে পারলাম না? এই পৃথিবীতে দুর্বলদের কোন স্থান নেই। জীবন একটা যুদ্ধক্ষেত্র আর আমি এখানে পঙ্গু হয়ে পড়ে আছি।

আমার মনে হয় কি জানেন, এই জীবনটা আমার না। ভুল করে অন্য কোন জগতের কারোর জীবনের সাথে আমার জীবন অদল বদল হয়ে গেছে। আমি এখানে আটকা পড়ে গেছি। সব কিছু এত অসহ্য! আমার ভেতরের এই শূন্যতা আমি কিভাবে পূরণ করব? মরে যাওয়ার সাহস থাকলে মরে যেতাম।"

শীলা রায়হানকে জড়িয়ে ধরল। রায়হান কাঁপছে। সে হয়ত কাঁদতে চাইছিল। কিন্তু ওর

কান্নাগুলোও সব তেপান্তরের মাঠে হারিয়ে গেছে। পুরুষেরা চাইলেও সবসময় কাঁদতে পারে না।

১৫

প্রিয় দোস্ত রায়হান,

তোর চিঠি পেয়ে আসলেই অবাক হয়েছি। আমি নিজেও জানি না কেমন আছি। তুই ঢাকায় থাকলে তোর সাথে আলাপ করা যেত। শেখরের ব্যাপারটা তো তুই জানিস। ও অনেকদিন ধরে আমার প্রতি ইন্টারেস্টেড। ও সেদিন সরাসরি বলেছে ও আমার পাশে থাকতে চায়। এরপর অনেক কাহিনী হয়েছে যা লিখে বলা মুশকিল। আমি তো তোর মত লেখক না। আমি ওকে হ্যাঁ-না কোন উত্তর দিতে পারিনি।

দোস্ত, দেখ আমার অবস্থাও কিন্তু তোর মতই। আমি জানি না আমি কি করব। শেখর ভাল ছেলে। আমি জানি ও আমার জন্য হয়ত সর্বোচ্চ চেষ্টা করবে। কিন্তু আসিফ যে স্ট্যান্ডার্ড সেট করে দিয়ে গেছে সেটা ও টপকাতে পারবে কিনা জানি না। কিন্তু শেখরের সাথে ঐ মেয়েটার (নাম বলিস নাই) পার্থক্য হল, শেখরকে আমি অনেকদিন থেকে চিনি। তুই মেয়েটাকে চিনিস না। ওর সম্পর্কে প্রায় কিছুই জানিস না। ওর বয়স কি রকম জানাস নাই। কিন্তু আমার মনে হয় বেশি হবে না। এসব মেয়েরা ছটফটে হয়। যেমন

দ্রুত প্রেমে পড়ে তেমন দ্রুত প্রেম চলে যায়। অবশ্য এর ক্ষেত্রে সেটা নাও হতে পারে। আমি শুধু চাই তুই যেন আবার কষ্ট না পাস।

শেখর আর আমার মা দুজনেই একটা কমন কথা বলে। এভাবে জীবন আর কতদিন। তুই আমি একটা একটা করে অসংখ্য দিন পার করে ফেলছি ঠিকই। আমরা কি আসলেই একাকী বাকিটা জীবন চলতে পারব? সিদ্ধান্ত নেয়ার সময় কিন্তু আসলেই চলে যাচ্ছে। আমার যেটা ভয় হয়, একদিন হয়ত মনে হবে এই একাকীত্ব আমি আর চাই না কিন্তু তখন আর কোন পথ থাকবে না।

তোর ব্যাপারে আমার পরামর্শ হল তাড়াহুড়োর কিছু নেই। তোর যদি ভাল লাগে তাহলে কথা বলতে থাক। ঢাকায় এলে দেখা কর। দেখ কোথাকার পানি কোথায় গড়ায়। সম্পর্ক হলে হবে না হলে নেই। আমরা তো কোন কিছুই নিশ্চিত করে বলতে পারি না তাই না?

তোকে অনেক মিস করছি। তাড়াতাড়ি ঢাকায় আয়। অনেক কথা জমে আছে তোর জন্য। আর এরমধ্যে কি কি লিখলি দেখতে চাই।

ইতি

টুপুর

বিঙ্গ্রঃ তুই চা আনবি বলে আমি চা কিনছি না। বাধ্য হয়ে ইন্সট্যান্ট কফি খেতে হচ্ছে। তাড়াতাড়ি চা এনে উদ্ধার কর।

১৬

বাংলোতে ফিরতে ফিরতে রাত আটটা বেজে গেল। হলদেটে একটা মস্ত বড় চাঁদ উঠেছে। গাছপালার জন্য কখনো পুরোপুরি দেখা না গেলেও চাঁদের আলোর জন্য পুরো পথটা একদম অন্যরকম লাগছিল। শীলার মনে হচ্ছিল এটা যেন পৃথিবী নয়, অন্য কোন গ্রহ। অচেনা এক জগতে এসে পড়েছে।

পুরোটা পথ রায়হান প্রায় কোন কথাই বলেনি। শীলাও কোন চেষ্টা করেনি। সকালে শাড়ি পরে বের হলেও ভাগ্যিস সাথে শাল নিয়ে এসেছিল। বন-পাহাড়ের ভেতর টমটমে চড়ে আসতে গিয়ে বেশ ঠান্ডা লাগছিল।

বাংলোতে ফিরে শীলা খালাকে বলল গরম পানি দিতে। সারাদিনের জার্নিতে শরীরের উপর কয়েক পরত ধুলো জমেছে। গোসল না করলে হবে না। রায়হান বলল, "গোসল সেরেই খেতে চলে আসুন। প্রচন্ড খিদে পেয়েছে। দুপুরে যা খেয়েছি সব পথের ঝাঁকিতে অনেক আগেই হজম হয়ে গেছে।"

তাড়াতাড়ি গোসল সেরে দুজনে খেতে বসল। ভাত, ডাল, মুরগি, আর পাঁচমিশালি সবজির ভাজি।

খালার রান্না খুব একটা ভাল না হলেও খিদে পেটে খেতে ওদের কাছে অমৃত লাগছিল।

রায়হান বলল, "জানেন, আমরা এক প্লেটে খেতাম। আমি ওকে খাইয়ে দিতাম।" শীলা বলল না যে এই কথাটা রায়হান বিকেলেও বলেছে। ও চাইছিল রায়হান কথা বলতে থাকুক।

রায়হান একটু চুপ থেকে বলল, "আপনি হয়ত ভাবছেন একটা মেয়ে আমাকে ছেড়ে গেছে তাতেই কেমন আউলিয়ে গিয়েছি, তাই না? ব্যাপারটা আসলে সেরকম না। আমার বিষণ্নতার সমস্যা অনেক পুরাতন। জীবনে কিছু করার উৎসাহ আমাকে যে মানুষগুলো দিত, যে মানুষগুলা আমাকে এভরি ডে বেটার পারসন হতে সাহায্য করত, তারা সবাই আমাকে বাজে ভাবে ভেঙে রেখে গেছে। আমার বিশ্ববিদ্যালয়ের রেজাল্ট কিন্তু ভালই। চাইলেই ভাল কোন চাকরি করতে পারতাম। কিছুই করতে পারিনি। এমনকি বাবা-মায়েরা তাদের সন্তান নিয়ে যেটুকু আশা করে আমি সেটাও পূরণ করতে পারিনি। আমি একটা কমপ্লিট ফেইলিউর। আমি সবসময়ই খুব সাধারণ একটা জীবন চেয়েছি শীলা। পড়াশুনা, চাকরি, মনের মত একজন সঙ্গী, বাচ্চা-কাচ্চা, বুড়ো হয়ে মারা যাব। নামকরা কেউ হতে হবে, আমার বই হাজার হাজার কপি সেল হবে, লোকজন লাইন ধরে কিনতে আসবে। এরকম কোন স্বপ্ন আমার কখনোই ছিল না। আমি শুধু

অল্পতে সুখী হতে চেয়েছি। এটা কি খুব বেশি কোন চাওয়া?”

শীলা বলল, “আপনি এখনো চাইলে পারেন। দরকার হলে প্রফেশনাল হেল্প নিন।”

রায়হান বলল, “না পারি না, আমার ঐ ইচ্ছাটাই আর কাজ করে না। প্রফেশনাল হেল্প নিয়ে চেষ্টা করেছি। পারিনি। এই ভ্যাগাবন্ড জীবনই হয়তো আমার নিয়তি। তাই আপনাকে বলছি, দয়া করে আমার কাছে কিছু আশা করবেন না। আমাকে দিয়ে হবে না।”

শীলা বলল, “আমি কিছু আশা করছি না। ধন্যবাদ আমাকে সব কিছু বলার জন্য। আমি কাল ঢাকায় চলে যাচ্ছি। আমি বিশ্বাস করি সুদিন একদিন আসবে। কিন্তু এই মুহূর্তে আমি শুধু কিছুক্ষণ আপনার হাত ধরে বসে থাকতে চাই। প্লিজ।”

***

রাত বাজে মোটে বারোটা। কিন্তু চারপাশ এখনই সুনসান। শুধু পোকার শব্দ আর মাঝে মাঝে নিশাচরী প্রাণীর ডাক। তক্ষকের ডাক শীলার ইতিমধ্যে চেনা

হয়ে গেছে। তারপরেও হঠাৎ শুনলেই কেঁপে উঠতে হচ্ছে। আজকেও ওর ঘুম আসছে না। আরেকবার গোসল করতে পারলে ভাল হত।

দুদিনের জন্য এসেছে বলে শীলা জামা কাপড় তেমন কিছু আনে নি। একটা শাড়ি এনেছিল সেটা সকালে পরে ফেলেছে। বিশাল ভুল হয়েছে। আরো জামা কাপড় আনা উচিৎ ছিল। ওর ইচ্ছা করছে সুন্দর করে সাজতে। আয়নার সামনে গিয়ে নগ্ন হয়ে দাঁড়ালো শীলা। ও কি এমনিতেই সুন্দর না? আলাদা করে সাজগোজের কোন দরকার আছে? তবু ঠোঁটে হালকা করে একটু লিপস্টিক দিল। কাজল থাকলে ভাল হত। আনা হয়নি।

রুমে ফিরে গিয়ে মোবাইলটা হাতে নিয়ে দেখলো নেটওয়ার্ক দুই দাগ আছে। ফোন করবে? করাটা কি ঠিক হবে? বুক ধুকপুক করছে শীলার। কাঁপতে কাঁপতে রায়হানের নাম্বারে ডায়াল করল। ফোন বাজছে। তুলছে না কেন? ঘুমিয়ে গেছে?

"হ্যালো?" রায়হানের কণ্ঠ শুনে শীলার গলা শুকিয়ে গেল।

ও কোন রকমে বলল, "হ্যালো..."

"কি ব্যাপার শীলা? কোন সমস্যা?" রায়হান উদ্বিগ্ন হয়ে জানতে চাইল।

"আমি... আপনি কি একটু আমার রুমে আসতে পারবেন? জরুরি দরকার ছিল..." শীলা কোন রকমে বলল।

"আসছি।" বলে রায়হান ফোন কেটে দিল।

শীলা হাত থেকে ফোনটা এমনভাবে বিছানায় ফেলে দিল যেন গরম ছ্যাঁক খেয়েছে।

তাড়াতাড়ি গিয়ে দরজার ছিটকিনি খুলল। তারপর আলনার কাছে গিয়ে শালটা তুলে শরীরে জড়িয়ে নিল।

ওর মনে হল যেন অনন্ত কাল পরে কেউ এসে দরজায় ঠকঠক শব্দ হল। "শীলা?"

"দরজা খোলা আছে, আসুন।" শীলার গলা কেঁপে গেল।

রায়হান ভেতরে এলো। শীলা কিছু না বলে শালটা ছেড়ে দিল। রায়হান এক মুহূর্ত ওর দিকে তাকিয়ে থেকে দরজাটা পেছনে লাগিয়ে দিল। শীলা ওর দিকে দুপা এগুতেই ইলেক্ট্রিসিটি চলে গেল।

অন্ধকারে দুজন দুজনকে খুঁজে নিল। অনেক ঠান্ডা। রায়হানের আলিঙ্গনের ভেতরও শীলা কাঁপছিল।

"আজ রাতে কি আমাকে নিয়ে একটু স্বপ্ন দেখতে পারবেন?" শীলা অস্ফুট কণ্ঠে বলল।

রায়হান কোন উত্তর দিল না, কামনার তৃষ্ণায় কাতর উষ্ণ অধরগুলো এক হল।

কাছেই কোথাও একটা তক্ষক বেরসিকের মত ডেকে উঠল।

১৭

দোস্ত রে,

কেমন আছিস? তোর একটা চিঠি পেয়েছি। এরপর অনেকগুলো চিঠি পাঠিয়েছি কোন উত্তর পাইনি। তুই চিঠিগুলো পেয়েছিস নাকি পেয়ে উত্তর দিয়েছিস আর আমি পাইনি সেটাও জানি না। ফোনে ট্রাই করলাম কিন্তু তোর ফোন বন্ধ বলে। সব ঠিক আছে তো?

ফোনে যখন দিতে পারলাম না তাই চিঠিতেই তোকে একটা সুখবর দিচ্ছি। আমি ক্রিয়েটিভ রাইটিং এর উপর একটা স্কলারশিপ পেয়েছি কর্নেল ইউনিভার্সিটি থেকে। বন জঙ্গলে পড়ে আছি বলে জানতে পারলাম অনেক দেরিতে। বিশ্ববিদ্যালয়ের সার্টিফিকেটগুলো এতদিনে কোন কাজে লাগল। পাসপোর্টের মেয়াদ আছে কিনা সন্দেহ। কালকেই আসছি। তাড়াতাড়ি ঢাকায় ফিরে এম্বাসি ফেস করতে হবে। তবে ভিসার জন্য দাঁড়াবো কিনা এখনো মনস্থির করে উঠতে পারিনি। আমি এসে তোর সাথে দেখা করার পর তুই আমার চিঠি পাবি এমন সম্ভাবনা ১০০%, হা হা হা। জয়তু ডাক বিভাগ।

যাই হোক, ঢাকায় ফিরেই তোর বাসায় এসে বিরিয়ানি খাবো। তোকে কিছু করতে হবে না। রান্না-বান্না যা করার আমি করব। এইখানে খালার এক মুরগি আর সবজি খেয়ে আমার পেট পচে গেসে। আগামী এক মাস খালি বিরিয়ানি খাব। তোর শেখরকেও দাওয়াত দিস আমার তরফ থেকে।

শীলা এসেছিল এখানে। দুদিন থেকে চলে গেছে। দেখা হলে ডিটেইলস বলব। আমার সবকিছু ওকে জানিয়েছি। ও ওর সবকিছু আমাকে বলেছে। আমার মনে হয়েছে আমাদের আর না এগুনোই ভাল। আফসোস না, কিছু ভাল লাগা অপূর্ণ থাকা উচিৎ। নাহলে জীবনের উপর বিতৃষ্ণা চলে আসে। যেমন তোর এসেছে। আমার এসেছিল। আমরা হারিয়ে গিয়েছিলাম এই দুনিয়া থেকে। অনেকটা সময় আমরা নষ্ট করেছি ভুল মানুষের পেছনে। অনেকটা সময় আমরা নষ্ট করেছি সঠিক মানুষের অপেক্ষায়। আমরা তাদের স্মৃতি আঁকড়ে ধরে বসে আছি যারা আর কখনো আমাদের কাছে ফিরে আসবে না। তাহলে আমরা কিসের অপেক্ষায় আছি? এটাকে কি বেঁচে থাকা বলে?

লোকজন শুনলে হাসে যে ছ্যাঁকা খেয়ে বাঁকা হয়ে বনে বাদাড়ে দেবদাসের মত ঘুরে বেড়াচ্ছি। বিষয়টা যে শুধু প্রেম আর ছ্যাঁকার বিষয় না তা লোকজন বুঝবে না। জীবন অনেক জটিল একটা ব্যাপার। হ্যাঁ-না,

সাদা-কালো, ন্যায়-অন্যায় দিয়ে বিচার করা যায় না। কেউ না বুঝলে সমস্যা নেই। আমি তো এমনিতেও কারো কাছে কৈফিয়ত দিতেও যাচ্ছি না। আমার ভেতর যে অন্ধকার রয়েছে সেটার বিশালত্বও সবাই বুঝে উল্টায় ফেলবে এমনটা আশা করি না।

লাখ লাখ মানুষ প্রতিদিন জন্ম নিচ্ছে। পড়াশুনা, চাকরি, বিয়ে, সন্তান উৎপাদন করে একদিন টুপ করে মরে যাচ্ছে। আমরা সেরকম হতে পারিনি। সমাজের চোখে আমরা অচ্ছুৎ। অথচ এই সমাজ আমাদের যা প্রয়োজন ছিল, সেই ভালবাসাটাই দিতে পারেনি। নিষ্ঠুর একটা পৃথিবীতে না বেঁচে থাকার মত বেঁচে আছে সবাই। বেঁচে থাকার ভান করছে। সুখে থাকার ভান করছে। তুই আমি তাদের মত মুখোশ পরে বাঁচতে পারব না।

আমি এখনো বিশ্বাস করি না যে কেউ কোনদিন আমাকে আমার মত করে ভালবাসবে। আমি বিশ্বাস করি না কেউ আমাকে ভালবাসলেও একদিন আমাকে আবার ভেঙে রেখে চলে যাবে না। আমি বিশ্বাস করি না যে ভালবাসা আমি সিমিনকে দিয়েছিলাম সেটা আর কাউকে দিতে পারব। কিন্তু শীলা আমার ভেতরের শীতল অন্ধকারে কোথাও একটা ছোট করে প্রদীপ জ্বালিয়ে রেখে গেছে। জানি না সেই আলোয় কতদুর যেতে পারব। কিন্তু থামা যাবে না।

মানুষের জীবন অনেক ছোট রে টুপুর। এই ছোট জীবনে এত কষ্ট আর না নিলে হয় না? ঝেড়ে ফেলে দে সব। আরেকবার চেষ্টা করে দেখ। আমি তো পারলাম না। তেপান্তরের মাঠে আটকে গেলাম। তুই হয়ত পেরোতে পারবি।

ইতি

তোর প্রাণের দোস্ত

রায়হান

বিঃদ্রঃ হেমন্তের এই সময়ে এখানে সন্ধ্যার আকাশ যে কি সুন্দর! না দেখলে বুঝবি না। তুই এলে তোর মন ভাল হয়ে যেত। মিয়াঁও টুপুর তোকে হ্যালো জানিয়েছে। ঢাকায় ফেরার পর ওকে অনেক মিস করব।

১৮

সেই যে শেষ রাতে বৃষ্টি শুরু হয়েছে আর থামার নাম নেই। হেমন্তের শুরুতে এমনিতেই আজকাল শেষ রাতে একটু ঠান্ডা পড়ে। ঘুমের মধ্যেই কাঁথাটা শরীরের উপর টেনে নিয়ে পাশ ফিরে শোয় টুপুর। বৃষ্টিতে এরকম আবহাওয়া ঘুমের জন্য বেশ আরামদায়ক। এলার্ম বাজলেও বিছানা ছেড়ে উঠতে ইচ্ছা করে না। চুলায় যাক অফিস, আরো দশ মিনিট ঘুমালে যদি দুনিয়া ধ্বংস হয়ে যায় তো যাক। সকালের এই ঘুমে টুপুর অনেকদিন পর বাবাকে স্বপ্নে দেখল। বাবার চেহারাটা স্পষ্ট না। কিন্তু ও বুঝতে পারছিল এটাই ওর বাবা। টুপুর এক হাতে বাবার হাত ধরে আছে, ওর আরেক হাতে একটা হাওয়াই মিঠাই। বাবার দিকে তাকানোর সময় পাচ্ছে না ও। তাড়াতাড়ি হাওয়াই মিঠাই খেয়ে শেষ করতে হবে নাহলে বাতাসে মিলিয়ে যাবে। স্বপ্নের মধ্যে ফুঁপিয়ে ফুঁপিয়ে কাঁদল ও।

ঘুম ভাঙার পর অফিস যেতে ইচ্ছা করছিল না একদম। কিন্তু আজকে অফিসে জরুরী মিটিং। তাই বাস্তবতাকে মেনে নিয়ে তাড়াহুড়ো করে বের হতে হল। কয়েকবারের চেষ্টায় একটা উবার পেয়ে দেরি করে অফিসে গিয়ে বসের বকা খাওয়ার জন্য তৈরি হতে হল। বৃষ্টির জন্য সকালে জরুরি একটা মিটিংটা

সময় মত হতে পারেনি। কেউই সময় করে আসতে পারেনি বলে টুপুরও বকার হাত থেকে বেঁচে গিয়েছে।

পর পর দুটি মিটিং শেষ করে একটু নিঃশ্বাস ফেলার সময় পায় ও। এক কাপ চা নিয়ে ডেস্কে এসে বসে। জানালার বাইরে বিষণ্ন সুরে বৃষ্টি পড়তেই থাকে। এরকম কোন এক বৃষ্টির দিনে তার সাথে ভেজার কথা ছিল। ভিজে চুপচুপে হয়ে টং দোকানে চা খাওয়ার কথা ছিল। অনেক কথা বলার ছিল যা আর বলা হয়নি। কত কিছু হতে পারত, হতে পারেনি। কি হত আসিফ আজকে বেঁচে থাকলে? অফিস বাদ দিয়ে ওকে জড়িয়ে শুয়ে থেকে হ্যাংওভারের তৃতীয় পর্বটা দেখা যেত হয়ত। বাবাকে নিয়ে দেখা স্বপ্নটা লিখে ফেলবে কিনা ভাবল। খাতাটা বের করেও আবার থেমে গেল ও। ওর ভেতরটা মনে হচ্ছিল হঠাৎ যেন চুরমার হয়ে যাচ্ছে। এক মুহূর্ত চিন্তা করল ও। করবে কি করবে না? জোরে একটা নিঃশ্বাস নিয়ে সিদ্ধান্তটা নিয়ে ফেলল টুপুর।

কাঁপা কাঁপা হাতে মোবাইল ফোনটা তুলে নেয় ও, শেখরের নাম্বারে কল করে, "হ্যালো?"

ওপাশ থেকে ভেসে আসে জমাট বাঁধা অভিমান, "হ্যালো, টুপুর? কেমন আছো?"

টুপুর একটু চুপ করে থেকে বলে, "তোমার না আমাকে অনেক কথা বলার ছিল?"

অনেকক্ষণ চুপ করে থেকে শেখর উত্তর দেয়, "আমি আসছি তোমার অফিসে নিচে। নামবে? সময় হবে তোমার আমার কথাগুলো শোনার জন্য? অনেকদিন ধরে কথাগুলো জমে আছে, আজকে না বললে আর কখনো বলা হবে না। শুনবে?"

"হু... কখন আসবে?" টুপুর আস্তে করে বলল।

***

ঝড়, বৃষ্টি, জলোচ্ছ্বাস, কেয়ামত যাই আসুক না কেন, রিকশা সিএনজি বাস কিছুই না পাওয়া যাক না কেন, হরতাল, অবরোধ, কারফিউ, ১৪৪ ধারাতে পুরো দেশ থেমে গেলেও সে আজ আসবেই। প্রেমিকের হৃদয়ে জমে থাকা, ভাষায় প্রকাশ না করতে পারা সমস্ত অনুভূতি উজাড় করে দেয়ার জন্য তাকে এক মিনিটের জন্য হলেও আসতে হবে। বলতে হবে সেই কথাগুলো। যে কথাগুলো শুধু এমন দিনেই বলা যায়। যে কথাগুলো শুধু সেই একজনকেই বলা যায়। যে কথাগুলো শোনার জন্য অন্য মানুষটা হয়ত অনেকদিন ধরে অপেক্ষা করে আছে... মহাবিশ্বের কোন শক্তি নেই আজ এই প্রেমিককে ঠেকানোর জন্য।

১৯

টুপুর অফিস থেকে ফিরে দেখে রায়হান রান্না মোটামুটি গুছিয়ে ফেলেছে।

"তুই একা কেন? তোর উনি কই?" রায়হান বলল।

"আসবে একটু পরে। বাসায় গেছে। ফ্রেশ হয়ে আসবে। তুই কিন্তু শীলাকে আসতে বলতে পারতি। ডাবল ডেট হয়ে যেত। মেয়েটাকে দেখার আমার খুব ইচ্ছা।" টুপুর উত্তর দিল।

"কোন দরকার নেই। আছি আর দুই দিন। শুধু শুধু মায়া বাড়ানোর কি দরকার?" রায়হান চুলার আঁচটা একবার দেখে নিয়ে বলল।

"তুই চলে গেলে অনেক মিস করব," টুপুর বলল।

"নাও যেতে পারি। এখনো বলা যায় না। ভিসা দেয় নাই এখনো।" রায়হান চোখ টিপে বলল।

"আরে দিয়ে দেবে। এইসব ভিসা আটকাবে না।"

“তুই ফ্রেশ হয়ে আয়। আজকে কিন্তু সারারাত ঘুম নেই। আড্ডা হবে। তুই, আমি আসিফ যেরকম আড্ডা দিতাম। দোজ ওয়ার দা ডেইজ। মনে হয় এই তো সেদিনের কথা।” রায়হান বলল।

“ঠিক আছে। দেখা যাবে। শেখর আর তুই আড্ডা দিস। আমি অফিস করে টায়ার্ড। বারোটার পর আমি এক মিনিটও জেগে থাকতে পারব মনে হয় না।” বলে টুপুর নিজের রুমে গেল।

***

তিনজন সারারাত আড্ডা দিল। ভোরের দিকে শেখর আর টুপুর ঘুমাতে গেলে রায়হান এক কাপ চা বানিয়ে এনে কিছুক্ষণ ডাইনিং টেবিলে বসে থাকল। অনেক পুরনো স্মৃতি এসে ওর মাথায় ভিড় করছে।

সকালের আলো ফুটলে ও চুপিসারে টুপুরের বাসা থেকে বেরিয়ে এল।

এরপর যে ও কোথায় গেল তা আর কেউ জানতে পারল না। পুলিশ, র‍্যাব অনেক খোঁজাখুঁজি করা হল কোথাও ওর কোন হদিশ পাওয়া গেল না। মানুষটা একদম যেন হাওয়ায় মিলিয়ে গিয়েছে।

টুপুরের ধারণা তেপান্তরের মাঠে গেলে ওকে খুঁজে পাওয়া যাবে। কিন্তু জায়গাটা কোথায় কেউ জানে না। শ্রীমঙ্গলে ও খোঁজ নিয়েছে। ওখানে এরকম কোন জায়গার নাম কেউ জানে না।

রায়হান হারিয়ে যেতে চেয়েছিল।

সে আসলেই হারিয়ে গেছে।

www.ingramcontent.com/pod-product-compliance
Lightning Source LLC
La Vergne TN
LVHW051111051026
849532LV00004BB/1499
* 9 7 9 8 2 3 1 2 6 5 4 9 7 *